Le Polar du routard

Fausse donne à Lisbonne

Le Polar du routard

Directeur de collection
Philippe Gloaguen

Du même auteur :

Le Polar du routard
Bertrand Delcour

Fausse donne à Lisbonne

Hachette Livre

NOUVEAUTÉS

Les Anges du Mékong de Patrick Mercado

« Rien n'est simple en Asie. » Luis, croisé au Laos, ne cesse de le répéter à Edmond Benakem. Ce type gaulé comme une barrique, dont la démarche oscille entre le dandinement du canard et la nonchalance du grizzli, détourne Eddie de son travail pour descendre le Mékong à la recherche d'une jeune Hmong enlevée à ses parents.
Cette traque initiatique les mènera après moult péripéties et rencontres attachantes jusqu'à Phnom Penh. Confronté à une violence qu'il ne soupçonnait pas, fasciné par les Khmers, envoûté par Jeanne, Edmond apprend à ses dépens que c'est une contrée « qui te bouffe l'âme » et succombe au Mékong blues.

Prise de bec au Québec de Hervé Mestron

Edmond Benakem survole les icebergs direction Québec pour faire, avec une exquise candeur, son taf de reporter. Mais, à peine débarqué, il se retrouve happé, façon sandwich jambon-beurre, par un rassemblement où francophones, anglophones, cacophones et souverainistes manifestent, main dans la main, pour un avenir qui reluit plus gai. De quoi déformer le chromo propret de la vision d'Edmond sur la Belle Province.
Sa rencontre avec Marjolaine, jeune écorchée vive, va le placer sur une orbite criblée d'embûches. Eddie découvre le Québec au rythme effréné des pérégrinations de la charmante chanteuse, tout en cherchant à la sortir du labyrinthe pervers d'un odieux passé.

« Le cœur est citoyen de tous les pays. »

Montesquieu.

Je dédie humblement ce petit livre à la Ville qu'il chante, et à tous mes chers compagnons lisboètes – et d'abord à ceux de l'Alfama – qui ne cessent, pour chacun de mes séjours, de s'appliquer à me réapprendre par l'exemple ce qu'être humain signifie, en ces temps si obscurs où partout ailleurs en Occident s'effondre et s'anéantit « la forme d'une ville », et disparaît hélas la vieille et émouvante complicité urbaine, précieusement héritée de l'âge des Lumières, de l'Ère des révolutions, et du « communalisme » tout simple, tout dévoué, et gratuitement libre, exubérant, et heureux.

B.D.

Pour Éva B, qui la première m'initia à Lisbonne; en m'offrant un soir un œillet rouge.*

1

Les passagers entrèrent dans l'Airbus des Transports Aériens Portugais par un corridor-tubulure, ce qui faisait qu'ils n'avaient pas du tout la sensation de monter dans un avion, mais simplement de se déplacer d'un lieu clos à un autre. La place d'Edmond se trouvait à l'arrière de l'engin, et non pas sur l'aile comme il l'avait craint pour la vue. Petit à petit, le zinc se remplissait et Eddie passait des paris mentaux pour savoir quels seraient ses voisins. Il tablait sur un rubicond Portugais amateur de football, un cadre sup' exaspérant, ou même les deux moines aperçus dans la salle d'embarquement. Ces deux-là, Français ou Portugais, avaient l'air de profiter jovialement de leurs instants de liberté hors clôture, semblables à des bidasses en permission.

De sa place, il voyait venir de loin les entrants et, longtemps, ce fut le suspense. Vers la fin, il pensait qu'il serait seul de sa travée de trois sièges fumeurs, quand une douce voix lui demanda en français :

– Excusez-moi, mais j'ai la place près du hublot. À moins que vous ne préfériez pour la vue...

Edmond leva les yeux et un uppercut lui bousilla le ventre. Elle était belle comme un Zeppelin au-dessus des Alpes. Ses cheveux blond cendré, ses yeux gris-bleu, l'ovale de son visage, la ciselure de son nez, le contour de ses lèvres et l'intention de son regard, tout était éblouissant de fraîcheur mais aussi d'une certaine force innocente. Elle portait un tailleur bleu ciel sur lequel ses cheveux formaient un coloris à la Van Gogh. Edmond se sentit bête et dépourvu devant un si heureux hasard, jusqu'à en éprouver une certaine forme de peur.

– Prenez la place du hublot, je regarderai par-dessus votre épaule, mademoiselle.

– La Mer de Paille est très belle quand on arrive à Lisbonne.

Il se leva pour lui céder la place ; elle se glissa comme une anguille ; il s'assit à ses côtés, le cœur battant. Edmond bénit l'ordinateur de la TAP chargé de répartir les passagers. Ce devait être un computer très sentimental.

Tout le monde entré, l'avion était à 40 % plein ; ce serait un trajet décontracté. Les hôtesses mimèrent l'usage des masques à oxygène et des gilets de sauvetage, ce qui faisait toujours flipper les pessimistes. Ce moment est le « César, rappelle-toi que tu es mortel ! » de tout voyage en avion. Après quoi, on embraya sur une distribution de journaux et des salamalecs d'accueil. Edmond restait tassé sur son siège comme une huître sur son rocher qui, malgré la jolie sirène, n'a pas la force de s'entrouvrir.

En avion, cette situation est tellement bateau, pensa-t-il.

L'inconnue sortit un walkman de son sac et quelques cassettes, qu'Edmond identifia comme du jazz. L'avion démarra, lentement se dirigea vers sa piste d'envol. Tous les signaux au plafond étaient allumés. Puis, en quelques secondes le décollage eut lieu, l'Airbus quitta le sol et grimpa, grimpa, comme s'il devait rejoindre la lune. On perça la carapace de nuages bas. On fut un instant dans la purée puis, graduellement, on entra dans un bleu stratosphérique et surhumain, un bleu de Bouddha.

– J'aime ça, murmura la jeune femme penchée au hublot. Puis, se retournant vers Edmond : Vous voyez, c'est magique !

– Si vous saviez comme ça me fait du bien...

Elle le dévisagea d'un air circonspect.

– Pourquoi ? Vous étiez triste ?

– Je me rends compte maintenant que oui. On peut passer sa vie à être triste sans le savoir. Par faute de n'avoir jamais vu certaines couleurs, ou certains visages. Edmond reprit discrètement son souffle : Quel est votre prénom ?

– Vous y tenez ?

– Tout ce qui est beau doit avoir un nom si l'on veut pouvoir parler le langage de la beauté.

– Zigoto ! Je m'appelle Luisa-Apollonia. Et toi ?

– Edmond, désolé.

– Je te prenais pour un Italien du Sud.

– Très au sud, en effet. Mon père est tunisien.

– Edmond ne fait pas très tunisien.

– Ma mère est bretonne.

– Ooh ! Ça se complique en effet.

– Et vous ?

– Dis-moi « tu ». Mon père est gascon et ma mère toscane. Mais mon père est né à Lisbonne où j'ai passé toute mon enfance, toute ma jeunesse. De beaux souvenirs.

– Je n'en doute pas. Vous écoutez quoi ?

Luisa regarda négligemment ses cassettes, comme si elle ne comprenait pas la question posée.

– Bah... Du Chet Baker, du Monk, du Coltrane.

– Je n'y connais rien en jazz.

– Bien sûr. Tu écoutes de la techno.
– C'est mal me juger, mademoiselle.
– Madame, fit-elle d'un ton sec.
– Ah ! (Silence). Mariée.
– Bah... En instance de divorce. C'est même la raison de ma présence dans cet avion puisque tu veux tout savoir.
– Je ne veux pas être indiscret.
– J'étais mariée avec un avocat lisboète. Il me battait. Il battait ma petite fille. Un triste sire. Il a tous les torts. Je reviens pour le procès et pour récupérer ce qui m'appartient.
– Vous êtes riche ?
– Oui. Il y a ma fille et l'héritage de mon père, ce vieux noble gascon et ses vignobles. Je suis un parti sortable.
– Voulez-vous m'épouser ?
Elle éclata de rire à neuf mille mètres au-dessus de la Vendée, puis lui prit le menton dans une main, très doucement.
– Et toi ? Quel Ostrogoth es-tu ?
– Je travaille pour un guide touristique.
– En voyage d'affaires, en somme, tout comme moi.
– Sauf que moi, Luisa, je n'ai à divorcer de personne. Je dois au contraire épouser une ville : Lisbonne.
– Revoyons-nous à l'arrivée. Je te ferai découvrir des choses. Enfin, je veux dire, des endroits.
– Je n'osais pas vous le demander.
– Maintenant, tutoie-moi ou je te mords.
– Plaie d'amour n'est pas mortelle.
– Jeune muscadin ! et elle lui pinça affectueusement la joue. Elle avait les doigts fins et brûlants.

Luisa et Edmond récupérèrent leurs biens et franchirent les guichets de la douane pendant que les gabelous se limaient les ongles. Ils arrivèrent dans le hall extérieur, où une foule se pressait pour les retrouvailles, certains tenant des cartons avec des noms.

– Si nous prenions le même taxi, Luisa, je serais ravi d'entrer à vos côtés dans Lisbonne.

– Tu es superstitieux. Tu penses que ça te portera chance.

– Non, seulement, nous resterons ensemble un peu plus longtemps.

– Pot de colle!

Ils prirent la file d'attente. Les taxis vert et noir faisaient diligence, ils n'attendirent pas longtemps. Le chauffeur chargea les bagages du couple. Luisa et Eddie montèrent à l'arrière.

– Où descends-tu?

– À l'hôtel Lisboa Tejo (Edmond lut sa réservation :) 4 Poço do Borratém.

– C'est tout près du Rossio, ça.

– En effet, il me semble. Et vous, où allez-vous?

– À l'Executive Inn, avenida Condé de Valbom, dans le quartier Nord, au-delà de Marquès Pombal.

– C'est chic?

– C'est l'ancien Carlton. Le tien n'est pas mal non plus. On ne lésine pas sur ton logement.

En portugais ultra-rapide, Luisa donna les indications au chauffeur. D'abord la déposer elle, puis Edmond. Le tacot partit sur les chapeaux de roue, d'une conduite à la fois rapide et mal assurée qui laissait craindre le pire. Après d'ignobles banlieues, on enfila une grande avenue qui commençait à avoir de la gueule, avec ses villas tape-à-l'œil années soixante. Le paysage s'animait, des magasins apparurent, des terrasses de café, le tout un peu miteux et décalé. C'était du va-comme-j'te-pousse, on sentait le pays qui avait été sous-développé.

Les gens erraient çà et là, comme après un séisme ou

après une sieste. Le mobilier urbain déroutait Edmond. Il avait perdu tout rapport sur l'échelle de valeur. Il ne faisait plus la différence entre une banque et une pâtisserie. Et pourtant il cherchait un distributeur bancaire, car il n'avait pas un escudo sur lui pour payer le taxi. Il finit par en repérer un qui faisait l'angle d'un carrefour et sur lequel était inscrit « Multibanco ».

– Arrêtez-vous là une minute. Je vais chercher de l'argent liquide. J'arrive de France et n'ai pas d'argent portugais.

Luisa, fidèlement, fit instantanément la traductrice, et le taxi monta sur un trottoir, en biais, pour attendre un court instant. Edmond serra la paume de Luisa :

– Ne vous envolez pas.

– Ce serait un truc à te faire, tiens.

– J'irai vous dénicher jusque dans votre hôtel, intéressante créature...

Luisa eut un petit rire frais.

– Dépêche-toi Roméo, on est mal garé.

– Je ne fais qu'aller et venir.

Edmond bondit du taxi, crapahuta jusqu'au distributeur et, au moyen de sa carte internationale, fit les manœuvres d'usage. Il attendit longtemps que la machine daigne cracher les biftons. Ils sortirent enfin de la fente miraculeuse, Eddie les recompta sceptique, trouva le compte exact, et revint à grands pas vers le taxi.

La portière de Luisa bâillait grande ouverte sans plus personne à l'arrière, et le chauffeur pleurait prostré sur son volant comme s'il allait claquer. Edmond s'approcha de lui et sentit une odeur étrange, comme celle de gaz lacrymogènes.

Tout de suite le scénario se mit en place dans sa tête : on venait d'enlever Luisa et on avait neutralisé le chauffeur. C'était du travail bien fait, contre quoi il n'y avait rien à redire. Le chauffeur, lentement, retrouva un teint moins ébouillanté et cessa de pleurer. Edmond l'interrogea tant bien que mal. Le type s'exprima par gestes. C'était on ne peut plus clair, et c'était le scénario d'Edmond. La fiction dépassait la réalité d'une jolie et sacrée longueur. Qu'il allait falloir rattraper. Benakem se mit à grésiller intérieurement.

2

Vingt jours avant

Edmond Benakem se réveilla encastré entre son radiateur en fonte et le mur qui formait aussitôt un retour en angle droit. Somptueusement encastré, même, on pouvait dire. Comme ces yogis désossés, qui, dans les spectacles de magie, s'insèrent impec dans une boîte à chapeau. Sauf qu'Edmond était en pyjama jaune à pois roses, qu'il était huit heures trente-cinq et qu'il s'était couché la veille dans son lit de cent cinquante centimètres de large après avoir voluptueusement tiré les couvertures à lui dans un geste de pleine confiance. Ce n'était d'ailleurs pas vraiment de la stupéfaction qu'il éprouvait puisque ce genre de cirque lui arrivait pour la septième fois depuis le début de l'année : Edmond était somnambule. Encore que le coup du radiateur n'était que bénin. Quand il s'était subitement réveillé drapé en péplum, le seau à incendie de l'étage dans une main et un vieux balai dans l'autre – brosse en l'air – devant la porte heureusement close de sa voisine de palier, il s'était posé de sérieuses questions. Le toubib avait dit « manque de phosphore » en essayant de ne pas trop ricaner. Mais Edmond savait bien, lui, que depuis tout petit il avait de ces crises vagabondes.

En attendant, Brisbane Bornéo, son chat persan angora au poil gris perle, l'observait placidement, sans ciller, assis méticuleusement sur un coin de commode, d'un air de penser « pauvre frapadingue ».

– Si je décoince le genou gauche, en tirant à moi le coude droit... je pousse un peu, fais pivoter la nuque...

Edmond tomba en avant sur la moquette en faisant un « flop » soyeux. Il se détira les membres ankylosés, s'autorisa un bâillement en Technicolor puis remonta à quatre pattes sur son lit, bascula dans la position « tortue sur le dos » qu'il alterna avec la position « épagneul en extase », ce qui lui remit les idées d'aplomb. Bornéo bondit sur le lit à son tour et vint se frotter contre son maître en rou-rouant comme une Rolls au ralenti. Chez lui, Edmond aimait ses aises : 32 m^2 d'Edmonland, de Benakemcity, au cinquième étage de la rue Letalle avec fenêtres sur cour pour les coups de zieux façon bignole aux aguets, les bruits de cuisines et les prises de bec matrimoniales – édifiantes pour un célibataire. Edmond chaussa ses babouches blanches rapportées de Turquie, chercha ses Winfield rouges sur la table de nuit, fit tomber un bouquin de Goodis, trouva son briquet en forme de gros haricot métallisé, alluma pieusement la cibiche et savoura sa première bouffée de nicotine. Des plaisirs rares en Iran, Afghanistan, et bientôt Algérie, pensa-t-il furtivement. Ou qui peuvent coûter l'appendice nasal dont le manque est fort disgracieux.

C'était fatal : à chaque fois qu'il inhalait sa première taf, Edmond se remémorait – fut-ce confusément – sa condition ethnique. Merci Winfield, tabac australien. Père tunisien, mère bretonne, passeport français et nationalité itou. Couscous-petit beurre. Carthage-menhir. Scipion-Astérix. Sfax-Douarnenez. La mère pour l'océan, et le père pour la mer. Même en Bretagne atlantique on dit « les gens de mer » et pas « d'océan ». On dit

« les loups de mer », « un homme à la mer ! », « les perdus en mer » comme le fut le premier mari de sa mère au large de l'Islande. D'ailleurs, l'Atlantique était partagé en « mers », il suffisait d'écouter la météo marine, poétique comme du Lautréamont. Iroise, Irlande, Baltique, Sargasses, Nord, Manche ; et les golfes aussi : Gascogne, Biscaye, Lion, Mexique.

De tout ça, vaille que vaille, on avait un océan et des hommes. Alors Edmond pensait à Paris, sa ville désormais : là aussi, un océan et des hommes, des mammifères et des requins – voire marteaux –, des pieuvres tentaculaires et de guillerets dauphins ou marsouins, sautillants et diaprés comme des gouttes de mercure. À vingt-cinq ans révolus, Edmond venait de plonger dans tout ça, tel un pêcheur de corail sur un vieux chromo romantique. Trop romantique, trop niais : il se voyait plutôt navigateur en solitaire sur un splendide catamaran – son cerveau – fonctionnant à l'huile de coude – son système D – mais jouant franc jeu et cartes sur table, pour l'honneur, pour la gloire, pour les filles... pour trouver l'île au trésor en évitant les flibustiers.

De la Tunisie, Edmond avait gardé le goût d'un certain silence, du non-dit télépathique, des doubles faces, du marchandage cordial mais tenace avec la vie.

Au physique, il était beau comme le sont les métissages réussis. Il avait cet atout en main, et entendait le jouer. Tout en finesse. Cette dernière qualité était sienne. Lentement, au long de sa jeunesse à Bagneux, il s'était fabriqué intuitivement un manuel de savoir-vivre pour ne pas pourrir ou mourir. C'était un bras de fer avec les accommodements louches ou trop faciles. Longtemps il fut environné de précipices. Comme le barreur qui, cent fois, flaire l'écueil ou le haut-fond, il lui avait fallu manœuvrer au plus juste, redoubler d'instinct, dans le fog et le crépuscule perpétuel de son adolescence.

Lentement, Edmond était sorti de sa gangue de boue et de fatalité. À seize ans, à Bagneux, dans la cité HLM, quand on s'appelle Benakem, il y a des avenirs qui n'existent pas tant la force des choses pèse comme une pierre tombale. Il y a les chignoles qu'on veut « emprunter », les filles qu'on veut sauter, les schmitts qu'on veut percuter, le pognon qu'on veut enschlusser, la dope qu'on veut encaisser debout dans les gogues. Et puis, presque toujours, il y a les parents pochtronnés, le « Kommissaire » très très français, le juge qui décime et la taule qui lamine pièce par pièce, morceau par morceau. Reste la télé ; c'est pour les morts.

Edmond a appris à slalomer entre les vies gâchées, fourbues, comme on marche dans un cimetière en plein minuit avec une bougie d'anniversaire pour tout éclairage. Mais derrière ces hauts murs macabres, il y avait de la couleur et de la vie. Le béton gris ne s'était pas répandu en une masse uniforme sur toute la surface du globe. La planète n'était pas qu'une dantesque banlieue de la peur. Métis, on a deux chances ou deux malchances, au choix : certains n'aimaient pas le « Benakem », d'autres n'aimaient pas le « Edmond ». Mais un jeune Tuniso-Breton, c'est d'abord un Arabe, surtout né à Bagneux. Edmond devint ainsi tout naturellement Eddie, pour la famille et pour les potes. Quand la fête de ses dix-huit ans arriva, il n'avait à se reprocher aucune nuit passée au poste de police. C'était un exploit. Ou une chance. Son père le lui fit solennellement remarquer :

– Mon fils, je n'ai pas honte de toi.

– Mais Allah, père ?

– Charité et tolérance sont les préceptes de base du Coran. Donne aux pauvres et ne juge pas ton voisin. Ceux qui prétendent le contraire sont des menteurs.

Maintenant, il y a des règles d'hygiène qu'un pratiquant doit respecter. Toi, tu fumes du tabac, tu bois de l'alcool... (il soupira). Pas de porc, au moins ?

– Je n'aime pas ça.

– La clémence d'Allah est grande. Il te jugera sur ta vie. Le tabac, l'alcool, ce sont des règles simples pour des gens simples comme moi. Toi, tu es plus intelligent, tu sais où est le bien et le mal. Agis en conscience. Dieu te jugera sur tes actes.

Et le père d'Edmond s'éloigna en faisant un geste vague interprétable de mille manières.

Passée sa majorité juridique, Eddie « monta » plus souvent à Paris. Il découvrit un univers aux codes différents et subtils auxquels il s'adapta petit à petit. Il flottait dans l'air un parfum pétulant d'heureux hasards. Jamais Edmond n'avait vu d'aussi jolies filles. Il médita sur l'Islam qui cache ses femmes, et finit par conclure que cette séquestration perturbait, voire pourrissait les rapports humains où, à moins d'être gay, on vivait comme châtré spirituellement. Les grandes blondes l'intriguaient et l'attiraient tout particulièrement. C'était pour lui le « must » de la civilisation occidentale.

Edmond passa dans sa minuscule cuisine, talonné par Bornéo qui couinait après son repas. La petite pièce était très lumineuse en ce début d'avril. Eddie entreprit de se confectionner un café à réveiller les morts.

3

Edmond descendit majestueusement du siège en simili tigre de son Vespa jaune citron, mit la béquille, l'engin pencha comme une encolure de cheval fourbu. Il fit deux pas vers le kiosque, retira son casque coquille, et vint serrer la main de Bébert qui, pour l'occasion, enleva un de ses gants crasseux pour dévoiler une main diaphane de pianiste.

– Bonjour, bel inconnu.

– Déconne pas, Bébert.

– Libre, ce soir ?

– Déconne pas Bébert, ça la fout mal.

Albert éclata d'un grand rire gargantuesque.

– Ah ! vous plaisantez pas avec ça, vous autres ! Durs de durs ! L'équipée sauvage chez les Routards !

– C'est pas ça, Bébert. C'est que de mon côté breton, on est amitiés viriles et claques dans le dos ; et que de mon côté tunisien, il y a des tendances parfois déplacées chez certains pervers. Tu dis ça là-bas, t'es mort.

– Mouais. Sauf si j'étais Kim Basinger ou Sharon Stone...

– Écoute, Bébert, aujourd'hui j'ai très mal dormi. Et puis tiens, donne-moi *Libé* et *Le Monde*. J'ai pas de monnaie.

Albert se rembrunit et fournit les journaux.

– Toi, t'as un truc qui tourne pas rond ce matin.

– On fait « Yalta »[1] tout à l'heure et je vais connaître ma destination.

– Et alors ? Joie et bonheur ! Qu'est-ce que tu risques ? C'est ton métier ; tu l'as voulu.

– C'est le trac, Bébert. Et puis, je débute... Le palu, les bêtes venimeuses, les soldats ivres, les pickpockets fous, les adresses impossibles...

– Ça fait partie du jeu. Ça t'assouplit. Et il doit bien y avoir des moments de répit, des moments de grâce. Ton boulot, tout le monde voudrait le faire.

1. Réunion qui a lieu dans les locaux du Guide du Routard, où les reporters se partagent le monde, certes dans un but plus jovial, que lors de la conférence du même nom de 1945 et où les protagonistes se nommaient Churchill, Roosevelt et Staline...

Edmond semblait désarçonné intérieurement.

– Bon sang, ça doit bien T'EXCITER toutes ces aventures !

– Au fond, je crois qu'il ne m'en arrive pas assez, d'aventures. Il faudrait, tiens, que je baisse la garde, que je laisse venir les choses. Plus de demi-mesures.

– De l'audace, encore de l'audace, toujours de l'audace !

– Jolie formule.

– Danton, 1792.

– Où que j'aille, Albert, je serai digne de moi-même. Il n'y a pas d'autre issue que d'aller de l'avant.

– C'est le mouvement des hommes qui gagnent, nom d'un chien.

– Tu parles bien dans ton kiosque, toi.

Albert haussa les épaules.

– Ici je suis le fusible du quartier, je sais qui fait quoi et à quoi pense qui. J'ai tout entendu et sur tous les tons. On peut me donner du Monsieur. Il y a un titre d'un bouquin de Cendrars qui résume l'activité intelligente de l'homme : *Bourlinguer*. En pensées – ce sont les poètes – et en actes – ce sont les aventuriers. Que des poètes se fassent aventuriers, ou des aventuriers, poètes, peu importe, l'idée maîtresse c'est le mouvement de l'avant, de l'avant, toujours de l'avant !

– Arrête, j'ai l'impression d'entendre mon patron.

– Tu es à moitié breton comme Kerouac, ne l'oublie pas.

– Kerouac c'était en 1950. Aujourd'hui que reste-t-il ? Des fast food et la télé satellite...

– Il reste les éternels rebelles. Ceux qui n'ont pas la télé et ne mangent pas la merde hamburguerisée débitée par des employés esclavagisés.

L'échange verbal était tendu. Edmond éclata de rire, tellement tout ça, incidemment, avait pris un tour grave.

– C'est ça, marre-toi, Benakem. Y'a plus de respect.
– C'est ta manière de tout approfondir, Bébert.
– Mon kiosque, c'est mon Collège de France.
– Tu devrais t'occuper des relations publiques au Routard.
– Je m'occupe pour Ménilmontant des relations publiques entre les journalistes et leurs lecteurs. Je vis ma petite vie très sédentaire. Nous avons donc peu de choses en commun, grand reporter...
Edmond revint à son scooter, remit son casque coquille, glissa ses journaux dans son fly-box, enclencha le kick moteur.
– Et le maître-mot c'est quoi, Eddie? gueula Albert.
– J'ai droit au joker?
– Il est à l'hosto, pas de chance.
– Je sais, bourlinguer. C'est BOURLINGUER.

4

Après qu'on lui eut appris sa destination, Edmond se familiarisa à l'idée d'aller à Lisbonne, et tout ça lui paraissait de très bon augure. Il rameuta dans sa mémoire les quelques clichés qu'il avait sur Lisbonne et sur le Portugal. Ça n'allait pas chercher loin : le tremblement de terre du XVIIIe siècle, Salazar, la révolution des Œillets, le fado et la morue à tous les repas. C'était forcément plus compliqué que ça. Il y avait aussi ce quartier quasi-mythique qui s'appelait l'Alfama et ce poète panthéiste qui se nommait Fernando Pessoa, dont il avait lu un petit recueil en passant, dont la tristesse sophistiquée l'avait un peu déprimé. Il savait aussi que les Portugais étaient la plus importante communauté immigrée en France, huit cent mille à peu près. Le cliché de la bonne portugaise s'imposa tout naturellement.

Tout ceci composait une image floue et anodine comme une ombre furtive sur un vieux mur. Pourtant le Portugal avait été maître de la moitié du monde. Grandeur et décadence. Edmond pressentit une étrange douceur éplorée chez ce peuple discret et pourtant actif. Instinctivement, il en éprouva de la sympathie.

Il avait trois semaines pour fouiller en profondeur. Il irait se documenter à la librairie de voyages habituelle. Et puis le père Wolfgang lui apprendrait certainement des détails qu'on n'imprime pas dans les guides. Il ne partirait pas au dépourvu. Ce n'était ni la Tanzanie ni la Tasmanie. Ce n'était qu'un peu moins de deux heures d'avion et d'agréables degrés centigrades de plus. En Europe, seule avec Prague, Lisbonne gardait dans l'esprit d'Edmond une attrayante aura de mystère, anachronique et alambiqué.

Wolfgang Bernstein poireautait devant un pastaga, à une table du fond du Montagnard, un bar arabe à l'angle de la rue des Panoyaux, qui faisait accessoirement resto. La déco miteuse était symptomatique de ces bistrots où de vieux Arabes se réunissent pour boire le thé à la menthe et palabrer à l'infini avec de longs temps morts où chacun restait immobile et comme résigné.

Au crépuscule de sa vie, Wolfgang aurait pu écrire un long roman sur son existence mouvementée. Né à Leipzig en 1929 d'une famille juive, il était tombé sur terre au mauvais moment et au mauvais endroit. Un moustachu scatophile amphétaminomane l'avait obligé, lui et les siens, à de nombreux changements d'adresses en catastrophe, d'abord vers l'Autriche, ensuite vers la France, enfin vers les USA. Le moustachu avait tout de même fini par passer le Mauser à gauche dans un troisième sous-sol après avoir zigouillé cinq millions d'individus qui n'avaient rien demandé. Mais l'Europe était en ruine et les USA prospéraient. Wolfgang resta dans la patrie de Lincoln, côte Est, puis côte Ouest jusqu'au début des années soixante où il eut le mal du Vieux Continent et revint s'installer en France qui sortait bousillée de la « sale guerre » d'Algérie. Il continua ici son métier de correcteur typographe, participa à mai 68 en sa qualité de juif allemand et d'anarchiste libertaire, tout en restant vingt-cinq ans à l'Encyclopedia Universalis à traquer les coquilles. Traquant après avoir été traqué, juste retour des choses.

Wolfgang rencontra Edmond au Montagnard en 1995. Leur amitié, sur le mode de rapport père-fils, ne fit que croître et embellir, même et surtout après que Wolfgang eut raconté par le menu sa vie à Eddie, le faisant sauter par-dessus la vieille antinomie arabo-juive. Wolfgang avait tout lu dans toutes les langues. Il n'en parlait dès lors plus qu'une seule, celle de l'humanité.

Eddie repéra tout de suite Wolfgang, vint s'asseoir en face de lui après l'avoir salué bien bas, et commanda un demi-citron.

– Bonne nouvelle, pépère, je pars à Lisbonne dans trois semaines.

– Aah ! *Dans la Ville Blanche...*

– Hé non, ça c'est Alger, pépère, tu dérailles.

– Mon petit gars, *Dans la Ville Blanche* est un film d'Alain Tanner de 1983 avec Bruno Ganz qui est génial dans le rôle principal.

– Ravi pour lui. Mais quel rapport avec ma destination ?

– C'est le plus beau film sur Lisbonne que je connaisse : envoûtant. Tanner filme la ville sous toutes les coutures. Ganz y joue le rôle d'un Allemand du Nord qui quitte Hambourg, sa femme et son train-train d'ingénieur-conseil pour se perdre – et se retrouver – dans le labyrinthe des ruelles de l'Alfama. Il filme lui-même la ville avec une petite Super Huit (on appelle ça un procédé de « mise en abîme ») et il envoie les bobines à sa femme qui n'y pige que dalle. Lui vit dans un hôtel surréaliste dominant le Tage où il se trouve une horloge dont les aiguilles tournent à l'envers – tu saisis la métaphore ? Et donc, petit à petit, comme sous l'effet d'un puissant charme, ce type se dépersonnalise, quitte sa vieille vie, devient le subtil fantôme de lui-même... Une ombre sur un mur, une émulsion sur une plaque photographique. C'est d'ailleurs la même question que pose Antonioni dans tous ses films. C'est la question que pose Pessoa – « personne » en portugais – dans tous ses livres. *« Je suis l'Autre »*, disait Nerval. *« Je est un autre »*, disait Rimbaud. Personne n'est personne, c'est ça, l'âme de Lisbonne, sa substance insaisissable. Le désarroi provoqué par cet axiome se nomme la *saudade*. C'est le blues, ou le spleen typiquement lisboète. La nostalgie du Siècle d'Or, quand les caravelles rentraient de Macao chargées d'épices et de trésors, et du Brésil chargées d'émeraudes et de topazes.

– Tout de suite, pépère, tu m'assommes sous les références !

– Tu questionnes, je renseigne. Point à la ligne.

– Et les filles, là-bas ?

– Peuplement celte à l'époque de la Tène. Peau d'albâtre, cheveux de jais, traits fins et piquants, belle démarche, libérées mais fidèles en amour. Le noir leur va à ravir. Mais pas le noir sicilien, le noir portugais, qui est une couleur, dit la pub pour le porto sur les arrêts de bus.

– Les hommes ?

– Du peuple, petits et trapus. Les élégants ont le style british. Il y a de vieux liens culturels entre le Portugal et l'Angleterre. Albion adore le porto et le brandy.

– L'Espagne ?

– Mépris réciproque total, comme des Grecs aux

Turcs ou des Écossais aux Anglais. « Les Espagnols sont gnols et les Portugais sont gais. » N'oublie pas qu'en face du Portugal, il y a le Brésil, géant lusophone. Il y eut un choc en retour. Quand je dis « choc », je veux dire douceur de vivre. D'où osmose et liens durables. Mariages mixtes, beaux métissages, etc.

– C'est soft-suave, ton truc.

– Ton jargon a trouvé le mot juste.

– Niveau de vie?

– Un des pays les plus pauvres d'Europe, mais depuis dix ans, ils remontent très fort. Ils ont compris l'Europe. Les artistes fricotent avec Paris, Londres ou Berlin. Ils ont accroché au concept de « post-modernité ». Ça vient de leur tradition artistique baroque. « Baroque » vient du portugais *barroco*, qui signifiait grosse perle aux nacrures compliquées. Le style manuélin est un grand style, comparable à notre Renaissance architecturale française. Exemple : la fameuse Tour de Belém, un joyau.

– C'est cette tour maure à l'entrée du Tage?

– Il y a de l'influence mauresque, en effet. Comme pour les *azulejos*.

– Kesako?

– Des carrés de faïence aux décors peints dans les dominantes bleu et jaune. On dirait parfois des motifs persans. Ça forme mosaïque et couvre les murs. Ça ressort à merveille dans le soleil, les couleurs chantent; splendide. Les Portugais ont mieux compris les Maures que les Espagnols qui, eux, les détestaient comme ils détestaient les Juifs d'ailleurs, lorsqu'ils les ont chassés en 1492.

– Et pas les Portugais?

– Il y a beaucoup de Juifs portugais. Spinoza et Pessoa sont les plus renommés et les plus glorieux.

– Et le rapport à l'Islam?

– Le roi portugais Sebastien avait un grand rêve, celui du « Cinquième Empire », un Empire Nord-Sud s'étendant du Portugal à la Mauritanie. C'était au XVIe siècle. Sebastien a disparu – je dis bien *disparu* – lors d'une grande bataille au Maroc, perdue par les Portugais. On appelle « sébastianisme » la doctrine qui prétend que ce roi réapparaîtra à la fin des temps, pour que le Portugal redevienne maître du monde. C'est un peu leur terre promise à eux.

– Bon, bon. De grands rêveurs, hein ?

– Comme tous les peuples de l'Atlantique. Vous avez bien la ville d'Ys, vous les Bretons...

– « *Quand Ys reparaîtra, Paris disparaîtra.* » Au secours, j'ai mes habitudes ici ! Gardarem lou Ménilmuche !

Wolfgang fit un sourire en forme de grimace. Il regarda son verre vide avec compassion.

– Petit, recommande-moi un pastis. Ça donne soif de te renseigner. Je te rase pas au moins ?

– Tu plaisantes, pépère. C'est demain qu'on rase gratis.

5

Son chat confié à madame Pochon, la gardienne, ses bagages soigneusement bouclés de la veille, rien n'étant oublié ni laissé au hasard, Eddie vérifie une dernière fois le contenu de ses poches portefeuilles. Son passeport. Son billet d'avion et celui d'enregistrement des bagages. Sa police d'assurance GdR. Une liasse de travellers en francs français. Sa fiche de réservation pour l'hôtel. Toute la doc est répartie dans ses bagages, il l'a vérifiée hier.

À dix heures pile, l'Orlybus aux trois quarts vide dépose Edmond devant les halls de l'aérogare d'Orly

Ouest. Il regarde, sur un moniteur, les numéros de guichets d'enregistrement pour son vol. Il traverse les halls sur toute leur largeur. Au fond, une série de guichets avec chacun un tapis roulant où les bagages enregistrés disparaissent à la trappe. Eddie vérifie le vol Paris-Lisboa de douze heures treize sur un autre moniteur au-dessus de la caisse. Tout est O.K. Il remet ses précieux bagages en échange d'une carte d'embarquement. En attendant, il observe les quelques passagers qui voleront avec lui. Des couples courtauds arrivent avec de grosses valises ficelées. Des cadres filiformes avec des Samsonite miniatures et une brassée de journaux sérieux et rébarbatifs. Quelques jeunes en pataugas et à la barbe clairsemée, type auberge de jeunesse. Deux moines, habillés tout en moines et tonsurés comme des moines, replets, les joues frottées de rouge, le nez vermeil : de drôles de paroissiens !

Eddie est lassé de faire la concierge. Il se replonge dans son Berlitz français-portugais-français avec humilité.

Venue d'un haut-parleur, une voix exactement suave le tire de ses conjugaisons : les passagers sont priés d'approcher de la zone d'embarquement.

6

Dans l'avion, ils s'étaient vus, ils s'étaient plu, s'étaient parlé, intimement. À Lisbonne, à eux deux, le même taxi. Et puis, tout soudain, violemment, l'enlèvement hallucinant de la jeune femme, sa disparition insensée.

Bien sûr – et c'était son côté tunisien – Edmond n'avait qu'à moitié gobé cette histoire de divorce. Il ne voyait pas une fille délurée comme Luisa se marier pour divorcer parce qu'elle était tombée sur un salaud. Elle n'aurait jamais commis cette erreur d'appréciation. Enfin, elle semblait plutôt volubile et liante pour quelqu'un qui devait surmonter le passage à vide d'un divorce. La grande force qu'il avait sentie en elle, en même temps qu'une subtilité de rouée, lui avait fait soupçonner autre chose. Quelque chose de vague mais de beaucoup plus important. Elle serait flic ou un truc du genre, qu'il n'en aurait pas été étonné. C'était une fonceuse : elle savait s'y prendre avec le réel.

Edmond reprit sa place à l'arrière du taxi, sortit son mini-dico et, dans un sabir approximatif, dicta au chauffeur ses intentions : cette jeune femme et lui étaient des amis intimes. En conséquence, il se chargeait d'amener tous les bagages à son propre hôtel, les siens et ceux de son amie. Le conducteur déclara qu'il irait se plaindre à la police. Edmond confirma qu'il ferait de même de son côté. Le chauffeur lui demanda s'il n'avait pas une idée sur ce qui s'était passé. Edmond répondit que l'ancien mari de son amie était un fou furieux capable de commanditer un kidnapping. Il l'avait d'ailleurs menacée si jamais elle revenait à Lisbonne avec un autre homme. Edmond se posa en nouvel amant de la jeune femme. Le taxi demanda pourquoi, alors, ils ne logeaient pas au même hôtel. C'était précisément pour ne pas éveiller les soupçons de l'ex irascible, précisa Edmond. Seulement ils avaient commis la faute d'arriver par le même vol et de prendre le même taxi : les amoureux sont tête en l'air. Le chauffeur hocha sentencieusement la tête. Il voulait bien comprendre.

– Maintenant, au Lisboa Tejo, fit Edmond, puis vous irez déposer à la police.

Le taxi reprit la route. Il roulait à modeste allure. Il déboucha dans le centre sur Martim Moniz, puis traversa la très animée praça da Figueira qui forme avec la praça Dom Pedro IV le cœur même de la cité plus connue sous le nom de Rossio où s'embouteillent voitures, passants et tramways. Enfin, le chauffeur obliqua une première fois, puis une seconde fois à gauche et se gara subitement à l'américaine. On était arrivé à la porte de l'hôtel Lisboa Tejo qui se trouvait, en fait, juste derrière la praça da Figueira. Étourdi par les mille bruissements lisboètes, Edmond posa avec émotion le pied sur le pavé. Le chauffeur l'aida à sortir du coffre les bagages, les siens et ceux de Luisa, et poussa la complaisance jusqu'à faire le porteur. Edmond se présenta à la réception. Une jeune femme parlant français l'accueillit fort courtoisement, lui tendit une clé avec son massif porte-clés, lui indiqua l'ascenseur et l'étage. Un bagagiste l'accompagna jusqu'à sa porte, au dernier étage. Edmond prit possession des lieux, tandis que le bagagiste se précipitait pour ouvrir les rideaux de deux fenêtres qui donnaient sur la rua Betesga. Eddie passa sur le petit balcon. À sa gauche s'étageaient les maisons délicieuses de l'Alfama, et à sa droite, en se penchant, la vue donnait sur l'enfilade des deux places, Figueira et Dom Pedro, où ding-donguaient les tramways, klaxonnaient les autos, et s'engorgeait sur les trottoirs une foule bigarrée et hâtive, comme endimanchée, mais où pointaient çà et là quelques haillons de vendeurs estropiés de billets de loterie.

La chambre, spacieuse, blanche et lumineuse était dotée de lits jumeaux. En haut d'un angle, une télé proposait ses services. Une corbeille, remplie de fruits, offrait un goûter non négligeable. Il était à peu près quinze heures locales. Eddie se laissa tomber sur un lit en pelant une banane. Il regardait les bagages de Luisa d'un œil inquisiteur et intrigué.

Pour ne pas se laisser aller à perdre la tête, il commença par déballer ses propres affaires. Sur l'autre lit, il déploya tous les documents utiles à son job de reporter, guides, plan, carnets, dictaphone, surligneurs, stylos et crayons à papier. Il établit une esquisse de planning sur son agenda, ce qui lui prit une demi-heure pendant laquelle il ne pensa plus à Luisa. Il se redressa subitement :

– Il faut tout de même finir par y jeter un coup d'œil, soupira-t-il.

Il jeta la grosse valise et la grasse mallette sur son lit et commença par ouvrir la valise. Il y trouva toute une ribambelle d'ustensiles de voyage : produits de beauté, vêtements, lingerie fine (qui le troubla), une sacoche pleine de pinceaux et de tubes de rouge à lèvres. Il trouva encore des paires de bas, des escarpins, des bijoux dans une petite boîte, sans valeur. Il n'y avait rien que de très ordinaire là-dedans.

Edmond allait passer à la mallette lorsqu'un détail frappant lui traversa l'esprit. Dans le taxi, Luisa serrait contre elle une petite sacoche de tissu noir, de la taille d'un porte-documents à peu près. Ce bagage avait disparu avec elle. Que pouvait-il contenir de précieux? Là était toute la question. Eddie se frappa le front :

– Cette fille n'est pas du tout ce qu'elle a l'air d'être!

Il cliqua les deux fermoirs de la mallette et le capot bascula. Sur une pile de documents aux feuilles de diverses couleurs apparut un pistolet noir arrimé par deux sangles solidement serrées.

– Pfuuiiit! Coquine, la lady!

Eddie dégagea le flingue et le soupesa d'une main. Il était léger, pas en métal, donc indétectable aux rayons X de la douane. Si Edmond s'y était connu en armes, il aurait su que c'était un Ceska Zbrojovka 100, de fabrication tchèque, chambré en 9 mm Parabellum, et au matériau de carcasse en polymère, d'une capacité de tir de treize coups plus un. Un flingue balèze, d'une bonne prise en main, même pour celle d'une femme. Il appuya sur le petit bouton du milieu de crosse et le chargeur, plein, tomba sur la liasse de documents. Eddie sentit monter son taux d'adrénaline et eut la gorge sèche. Il reposa l'arme, alla au frigo, décapsula une bière dont il but une franche gorgée puis, à nouveau assis près de la mallette, laissa tomber sa tête entre ses mains.

– Quel merdier! Quel infernal merdier! Lorsqu'on pose un tel joujou sur des documents, ceux-ci ne peuvent être que fatals. J'aurais dû laisser le taximan se démerder avec le barda de la lady.

Il songea à tout planter là et à appeler tout simplement la police. Mais il se vit en train d'essayer vainement de justifier le fait qu'il avait récupéré des bagages ne lui appartenant pas. Il était allé trop loin et avait voulu faire le mariole. Il était trop tard pour reculer. L'important était d'abord de la retrouver, elle.

Edmond se résolut à éplucher les documents. Nombreux étaient ceux à en-tête de divers départements de police et de justice, tant en français qu'en portugais et en espagnol. Des cachets officiels faisaient autorité. Certaines feuilles n'étaient que copies carbone, ou semblaient mal photocopiées. Parfois les fautes de frappe abondaient. Ailleurs, on eût dit du traitement de texte. Il y avait des procès-verbaux de comparution, des notes confidentielles, des passages soulignés au feutre rouge, ou vert. Edmond mit une bonne heure à approcher un peu la vérité sur mademoiselle Luisa-Apollonia Carneiro.

C'était un bel et bon témoin à charge capital dans le procès d'un ponte de la mafia espagnole, exportée au Portugal, et ayant son sanctuaire sur la côte basque française. Une affaire internationale où on jugeait à Lisbonne un Espagnol sur des inculpations notifiées en

France. Luisa, d'ailleurs, bien que née à Lisbonne, était de nationalité française. Une histoire étrange d'étrangers qui n'avaient pas attendu l'ouverture officielle des frontières de la CEE pour l'inaugurer à leurs propres méthodes...

Mais si cette mystérieuse et intéressante fille venait de Paris pour témoigner comme personnage principal, pourquoi la police, française ou portugaise, n'avait-elle pas pris ses précautions vis-à-vis de Luisa en la faisant accompagner d'agents spéciaux comme c'est normalement l'usage en pareil cas ? Était-elle elle-même membre de la police ou des services secrets ? Ou encore venait-elle témoigner en coup de théâtre sans que personne n'en sache rien ? Ou bien ses « chiens de garde » l'avaient-ils perdue à l'arrivée à Lisbonne et devaient s'en mordre les doigts ? Edmond étudia les diverses hypothèses. Pourtant cette foule de documents dans la mallette n'auraient pu être recueillis par une franc-tireuse. Il fallait quelqu'un du sérail, ce qui expliquerait en outre la présence de l'arme sophistiquée. Oui, Luisa devait être « de la Maison ». Elle avait seulement présumé de ses forces : on l'avait cueillie comme une fleur à l'arrivée, net et sans bavure, du travail de pros. Eddie se sentit subitement en bien piètre posture. On chercherait à l'éliminer, c'est certain. Il n'était plus qu'une sorte de cadavre en permission. De dépit, il sortit tous les documents de la mallette pour en inspecter les moindres recoins. Il n'y avait rien. Il fit glisser sa paume sur la paroi du fond. Il sentit comme une forme rigide derrière le tissu. Il se saisit d'un cutter et découtura au niveau des angles, puis souleva le mince tissu. Il découvrit un protège-feuille en polystyrène rouge. Son cœur battit sur un rythme mambo. Il entrouvrit la chemise et en extirpa une feuille unique sur laquelle figurait ceci :

PROCÉDURE D'URGENCE

Instructions pour faire récupérer les doubles des sept mf en cas de perte ou de vol. S'adresser à B-C* dès jour J.*
J+2 : Sous le bocage, le vert sire 11 AM.
J+3 : Pipe pauvre nouille box 3 2.45 PM.
J+4 : Personne ne change 1.15 PM.
J+5 : Bombe l'autre bande 3.57 PM.
J+6 : L'étoile au front 28 dingue Caf 0.40 PM.
J+7 : Chostakovitch, belle âme 5.10 PM.
J+8 : Jaune de l'Olympe occidentée 2.22 PM et fin.
Après récupération des mf, suivre procédure Y5P5B.
Meilleurs vœux. Attention vent d'Est en rafales.

P.S. – Lors des « récupérations », inutile de harceler les contacts de questions. Ils ont tous été soigneusement cloisonnés, ignorent que la procédure s'effectue sous forme de rébus, lesquels, et leur sens. Seul détail d'importance : le récupérateur devra, dans tous les cas, être de sexe masculin, et délivrer certains mots clés.

Il n'est, en outre, pas possible d'accélérer la Procédure, tout étant fixé définitivement à l'avance. À noter que la non récupération d'un seul « mf » détruit la cohérence globale du « matériel », les « mf » étant mixés entre eux.

En cas de « ratage » d'un R.V., il existe une « option rattrapage » qui consiste à se représenter le lendemain, même lieu, même horaire. Mais il n'y a pas de session ter. Un seul échec entraîne la caducité de toute la Procédure : SOYEZ-EN CONSCIENT.

C'était tapé à la machine, et un peu agrandi au moyen d'une photocopieuse bon marché qui utilisait du papier vaguement satiné, vaguement luisant. Il fallait essayer de procéder par ordre. D'abord que voulait dire « les sept mf » ? « Moyen format » ? Dans ce cas, c'étaient peut-être des photos ? Ou plutôt « microfilms », capables de stocker beaucoup plus de données ? C'est ce qu'Eddie saurait s'il était dans la peau de « B*-C* », un inconnu, probablement un homme de confiance capable de déchiffrer les sept rébus qui s'alignaient ensuite, tous (sauf un) suivis d'une heure, AM (ante meridiem) ou PM (post meridiem). À noter que certains horaires étaient stricts à la minute près. Ce devaient être des lieux de passage où il ne s'agissait pas de confondre le porteur de « mf » avec un autre. Oui, mais en admettant qu'Edmond perce le sens des rébus et se présente à la place de B*-C*, allait-on lui donner à lui ce qu'« on » devait remettre à B*-C*? D'un autre côté, si B*-C* avait été connu de ses correspondants, pourquoi cette série de rendez-vous étalés sur sept jours en lieux et horaires différents? Et qu'était la procédure Y5P5B? Et que signifiait ce « vent d'Est en rafales » dont il fallait se méfier? Autant d'énigmes qui tournaient comme les chars de Ben-Hur dans la cervelle d'Edmond qui rissolait sous la présomption d'impuissance.

En admettant que le « jour J » était l'arrivée de Luisa à Lisbonne, le premier rendez-vous était fixé pour après-demain à onze heures. Or, on était samedi. Eddie n'avait que la soirée et le lendemain pour percer le sens du premier rébus.

Quant aux autres qui signalaient des lieux bien précis, c'étaient sans doute des jeux de mots sur des particularités de la ville, ville dont Edmond ignorait tout concrètement. Les mots composant les phrases devaient être soit à double ou triple sens, soit à sens détournés, ou encore des solécismes ou du portugais volontairement mal traduit. Il se demandait ce que le compositeur soviétique Chostakovitch venait faire dans cette galère. Pour finir, il n'aimait pas se faire traiter de « pauvre nouille » et cherchait en vain un coin de « bocage » dans une ville manifestement située hors de Normandie...

En attendant de pouvoir mieux faire, Eddie se contenta de recopier les sept rébus sur son agenda, aux jours correspondants. C'étaient ses rendez-vous avec le destin mystérieux et où il risquait peut-être sa peau. Il regarda avec un frisson le pistolet noir. Devait-il s'en munir pour se prémunir ? Il choisit de s'en passer. Il préférait se faire tuer que de tuer. C'était une question qui regardait sa seule conscience.

Edmond émit un couinement à la Brisbane Bornéo, mit ses guides et son plan dans une sacoche, et décida enfin de descendre se coltiner avec la Ville Blanche qui l'attendait, offerte en son cœur, à deux pas.

7

« *J+2 : Sous le bocage, le vert sire. 11 AM.* »

Dans l'ascenseur, Eddie relut la formule. On eût dit une description d'un tableau de Watteau ou de Lancret, ces délicieux peintres français du XVIIIe siècle. Peut-être s'agissait-il d'une toile bien précise dans un musée de la ville ? Mais alors il y aurait certainement eu plus de détails. Edmond poussa la porte vitrée de l'hôtel et se sentit instantanément envahi par l'agitation fébrile de la cité. Il ressentit comme une chaleur du côté du cœur. Tout, autour de lui, semblait merveilleusement vivant, éclatant de vie. C'étaient tout de suite plusieurs degrés d'existence au-dessus de Paris, ou plutôt un peu ce que devait être Paris dans les années cinquante. Le routard marcha sur le pavé défoncé, obliqua dans la première rue à droite, plus large, qui le mena sur la première des deux grandes places jumelles. Des tramways bleus aux formes de TGV et aux vitres sans tain voisinaient avec de vieux trams rouges ou jaunes, en tôle et en bois clair, qui avaient l'aspect cabossé de boîtes de conserve, aux frontons desquels s'affichaient un chiffre et une destination : « Martim Moniz », « Cais do Sodré », etc. À l'avant, le wattman barrait un volant en acier grand comme un gouvernail de skipper. Quelques gamins malicieux s'accrochaient à l'arrière. Les voitures, ainsi que les taxis vert et noir, filaient à vive allure sans s'inquiéter des piétons qui bondissaient parfois pour échapper de justesse à la collision comme un torero dans l'arène.

Edmond suivit le trottoir de gauche, où il y avait le plus de monde. La foule lisboète était protéiforme : des bourgeois compassés, des gars de la campagne ou des vieux quartiers, des branchés, des vieilles rechignées tout en noir, des gitans à l'œil fureteur, des cadres pressés, des vendeurs de billets de loterie clochards et invalides. Edmond salua la statue de Dom Joan couverte d'une nuée de pigeons et arriva, à sa gauche, devant une large artère piétonne qui se perdait dans le lointain où l'on devinait comme un arc de triomphe puis un grand vide. C'était la rua Augusta qui descendait au milieu et sur toute sa longueur la Baixa ou ville basse. Au loin, l'arc de triomphe ouvrait sur le Terreiro do Paço, gigantesque place, ou plutôt esplanade, au milieu de laquelle s'élevait un Dom José équestre blanc comme neige, et qui finissait en s'ouvrant sur le Tage, large comme un lac, qui la longeait sur un flanc, sur lequel tourbillonnaient des mouettes crieuses et enfiévrées.

Edmond resta un moment indécis, ballotté par la foule. Derrière lui, il avait l'Alfama couronné par les remparts wisigothiques du Castelo São Jorge, à sa droite le Rossio avec au fond la façade du Théâtre National Dona Maria, et devant, au bout de la place, la montée du Chiado qui avait tant souffert de l'incendie de 1988. Eddie se trouvait à la croisée des chemins : il continua sa route, passa devant une rue vétuste qui s'ouvrait en arcade et attendit pour traverser la rua Aurea. À sa gauche, il aperçut l'Elevador de Santa Justa, gigantesque cage d'ascenseur en dentelles de métal 1900, construit par un disciple de Gustave Eiffel, le métal ayant acquis une jolie teinte gris-bleu romantique.

Enfin, Eddie arriva de l'autre côté du trottoir où la terrasse de Nicolá, le plus vieux café de Lisbonne ou du moins le plus institutionnel, offrait ses services, côte à côte avec celle d'un snack attrape-touristes. Edmond considéra la façade en pierre de l'établissement, taillée dans un style mastoc un peu lourdaud, avec « Nicolá » gravé au fronton en belles rondes. Il dépassa la terrasse et entra dans le café. C'était d'abord un hall en longueur où, sur la droite, on consommait debout, accoudé à une vitrine dans laquelle fleurissaient toutes sortes de petites pâtisseries expédiées en deux bouchées et dont sont friands les buveurs d'espresso sur le pouce. Les garçons, tout de noir vêtus, avec leur tablier tombant jusqu'aux pieds, semblent exercer le plus scrupuleux des sacerdoces et vous servent comme s'ils apportaient les derniers sacrements. Au fond, vaste salle où trône sur un socle élevé une statue sombre représentant une sorte de poète vêtu à la mode 1810. La déco murale, hormis des peintures énigmatiques, faisait dans le style paquebot 1930, particulièrement les appliques. Un air de gravité recueillie émane de l'ensemble et favorise la méditation, surtout pendant que deux garçons se disputent en silence à propos d'une table qu'ils prétendent tous deux ne pas avoir à servir. Ce fut le cas pour la numéro 11, celle où s'assit Edmond, se félicitant de la tenue exemplaire du lieu, le changeant des brasseries parisiennes.

Eddie finit par remarquer l'empoignade silencieuse des deux serveurs à son propos. Il fit désespérément des signes. L'un s'en allait, tandis que l'autre faisait mine de contempler un ticket. Enfin il y eut une ultime altercation, et le garçon vaincu – la cinquantaine obséquieuse – vint prendre la commande. Amusé, Edmond montra du doigt la statue du poète débraillé. Du comptoir, une serveuse à la coiffe blanche lui répondit :

– Barbosa du Bocage !

Ce fut comme si des flamants roses s'envolaient dans le crâne d'Edmond... Bocage. « Sous le bocage... » Il se leva promptement et alla voir ce qui était gravé sur le socle de la statue. Il lut sans peine « M.M. Barbosa du Bocage. 1765-1805 ». Inutile de chercher plus loin le lieu du premier rendez-vous ; le hasard lui avait offert sa médiation de bons offices. Pour « le vert sire », restait probablement à attendre un snob avec une pochette verte ou quelque chose du genre. Edmond se reprit à respirer normalement. L'affaire commençait à montrer sa tête.

8

Depuis le milieu de l'après-midi, le soleil avait comme dissout le mince voile blanc, et le plus profond azur planait dans les cieux. Edmond décida de se rapprocher du Tage pour mieux jouir des coloris nuancés de la fin de journée. Une étrange langueur s'empara sournoisement de lui lorsqu'il fut dehors à nouveau. D'imperceptibles lueurs amélioraient l'espace, lui donnant une mesure plus accueillante. Le digne routard descendit lentement l'austère rua do Ouro, visionnant furtivement les dessins formés par les pavés blancs et noirs du trottoir, regardant de lourdes façades de banques dans le style salazariste. Enfin il déboucha sur la droite du Terreiro do Paço, immense esplanade dont l'aspect glorieux allait doucement mourir dans le Tage. Sur le Terreiro, quelques statues noires de Botero tentaient d'habiller la grandeur de l'espace de quelques grains de beauté. C'étaient *Leda et le Cygne*, *Le Rapt d'Europe*, *Le Chien*, *Les Amants*, *La Main*, *Vénus endormie*, *Femme assise sans tête*, *Le Sphinx*, *Le Cheval*. Le style de Botero, avec ses nus comme des bibendum, avait un côté mi-puéril, mi-provocateur qui n'allait pas sans charme. Tous ces arrondis rebondis laissaient une sensation de douceur maternante que la couleur noire contredisait cruellement. C'était en bref une sculpture de boucher-charcutier rabelaisien hispanisant.

En traversant l'esplanade en diagonale, Eddie fut accosté par des rôdeurs aux yeux éteints dont l'un lui montra délicatement une chevalière mastoc qu'il prétendait en or massif, et dont l'autre, en murmurant « Smoke ? Smoke ? Chichich ? » lui laissa entrevoir quelques barrettes semblables à des Carambars qu'il calait au creux de sa paume à peine décrispée. Edmond, à chaque fois, passa vivement son chemin, l'air menaçant. Il devait apprendre plus tard que le lieu était surnommé praça do Ouro, à cause des nombreux revendeurs de quincaillerie qui accostaient mystérieusement les gogos, tels des conjurés de fantaisie.

Edmond arriva aux bâtisses de la station fluviale, par laquelle des bacs menaient toutes les dix minutes au village de Cacilhas, de l'autre côté du Tage. Il s'installa à la terrasse du restaurant qui donnait à même le fleuve. D'un côté, il observa le ballet des mouettes qui se disputaient un compact banc de poissons dont les dos serpentaient à la surface, et de l'autre il étudia les travées de l'embarcadère, avec les gens arrivant pour passer, et ceux débarquant comme une marée humaine.

La foule arrivait et partait avec une précision métronomique sur les bacs TransTejo, comme des usagers montant et descendant d'un vulgaire métro. Attablé seul à sa terrasse, Edmond goûtait l'air du Tage et, de l'autre côté du fleuve, là où finissait le pont du 25 Avril, voyait le gigantesque Christ salazariste et, plus à droite, un colossal portique en acier sur lequel était inscrit en monstrueuses majuscules LISNAVE, bordé de grues dressées comme des dinosaures de métal et qui signalaient les chantiers navals de la ville. Tout à fait à gauche, sur la Mer de Paille, deux minéraliers fatigués restaient immobiles côte à côte comme des cétacés émergés.

Eddie commanda *um vinho do porto* qu'on lui servit de la bouteille dans un verre à pied. Il savoura le breuvage, grilla une cigarette, et s'absorba dans la contemplation du fleuve, qui se transforma en méditation sur ce qui lui était arrivé en quelques heures. Il sentait que cette ville ne le laisserait jamais à cours de surprises, de suspenses mais aussi de miracles – comme l'avait prouvé l'affaire Bocage. Il décida de dîner à proximité, derrière le Terreiro, puis de remonter en taxi jusqu'à l'hôtel de Luisa dont il avait retenu le nom et l'adresse : il y aurait peut-être des informations à glaner. C'était un point névralgique qu'il ne fallait pas négliger.

Un second porto suivit le premier, et fut aussi siroté longuement. L'appétit aiguisé et un long temps passé là poussèrent Edmond en quête d'un petit resto dans les parages. Il y avait bien Marthino da Arcada sur le Terreiro, une institution qui datait de 1782, et qui fut un temps le Q.G. de Fernando Pessoa, mais le restaurant était trop pompeux, et le snack juste à côté trop petit et toujours plein. Non loin de la Casa dos Bicos et son étrange façade en pointes de diamants, il trouva un petit resto tout blanc et tout propre à l'intérieur et s'embarqua pour son premier repas lusitanien. Il consulta sagement la carte et les pages cuisine de son *Berlitz*, et finit par se décider pour une *carne de porco a alentejano*, filet de porc mariné et sauté avec une flopée de petites palourdes, un des plats de viande les plus communs à Lisbonne. Comme boisson, sans fioritures, il commanda un *vinho da casa branco*, sachant qu'au Portugal le vin blanc titre 9 ou 10° et ne donne jamais mal à la tête. Des petits pains ronds, assortis de barquettes de beurre et de fromage blanc, servaient d'amuse-gueules. Ce pain, ce beurre et ce fromage, comme mise en bouche, étaient comptés légèrement en sus, tenant lieu d'entrée dont les Lisboètes sont coutumiers.

Un peu avant vingt et une heures, la nuit était tout à fait tombée. Une luminosité diamantifère diffractait l'air et l'espace. Nuit lisboète comme une nuit américaine, comme un simple filtre sombre posé sur les sunlights du printemps lusitanien. Edmond vint prendre un taxi à la station située à la hauteur d'une des deux fontaines de la praça Dom Pedro IV. Le chauffeur fumait un dissuasif tabac brun et mâchait de la gomme.

– Hôtel Executive Inn, 56 avenida Condé Valbom.

Le chauffeur fit répéter trois fois puis, posément, examina son plan. Edmond voyait les sillons rouges de sa nuque bouger comme des lèvres hideuses et multiples.

– Oh oh ! Avenida Conde DE Valbom !

L'homme fit bondir son taxi et, presque courbé sur sa direction comme un motard sur son guidon, prit un cap connu de lui seul. Edmond se laissa aller sur la banquette, regardant défiler les larges avenues qui lui évoquaient une métropole sud-américaine, avec ses bâtiments modernes interchangeables. On était dans les quartiers nord de la ville, loin de la vieille cité attachante.

Le taxi s'arrêta au niveau d'une sorte de petite place et indiqua une rue piétonne sur la droite, large, vide et moderne. Edmond localisa l'hôtel à son hall largement éclairé. Il ne savait pas du tout où il était dans la ville, mais il descendit quand même. Il passa la main dans ses cheveux, ajusta sa veste et poussa la porte vitrée pour se trouver dans un grand vestibule dallé de noir.

– Madame Luisa Carneiro, s'il vous plaît?

– Chambre 901, répondit sans réfléchir le réceptionniste.

Le cœur bondit dans la poitrine d'Edmond, mais le Portugais se ravisa aussitôt :

– Ah! Non. Madame Carneiro n'est pas encore arrivée. Son agent à Lisbonne est passé nous prévenir, ce tantôt, avec la réservation. Il lui faisait porter des fleurs pour sa bienvenue. Elle ne doit arriver que demain. Son agent repassera d'ailleurs après minuit pour déposer ses affaires.

– Un homme est passé, et il avait la réservation? Et il apportait des fleurs? Vers quelle heure?

– Je n'étais pas là. Avant dix-huit heures au moins. Il est monté à sa chambre.

– Son agent, dites-vous?

– Oui, il semble que madame Carneiro soit dans le show-business, quelque chose comme décoratrice, je crois; elle vient coordonner une pièce à Lisbonne.

– Tout ça, je le sais. Je suis son impresario français, et j'arrive à l'instant par avion. Je devais venir la chercher à vingt et une heures quinze ici même.

– Elle n'est pas là ce soir, répondit froidement l'employé.

– Je comprends. Au moins puis-je aller dans sa chambre pour lui laisser des documents importants.

– Remettez-les moi. Je transmettrai.

– C'est heu... très confidentiel.

– Nous avons des enveloppes opaques.

Edmond était piteusement à bout d'arguments. On fit silence. Il y eut une étincelle sarcastique dans l'œil de l'interlocuteur inflexible. Il jouissait de son triomphe. Edmond tenta une dernière supercherie.

– Nous avons, comment dire?... des rapports très privilégiés. J'aimerais tant glisser sous son oreiller une enveloppe dont le contenu lui ferait le plus grand plaisir.

– Je pourrais...

– ... Vous pourriez certes vous en charger, mais ce serait discourtois à mon égard. Il y a des petits gestes auxquels on tient. Vous êtes un homme... vous pouvez comprendre...

Avec une légère grimace, le réceptionniste saisit sous son comptoir une clé à lourd pendentif qu'il laissa osciller sous les yeux d'Edmond en achevant sa grimace en mince sourire :

– Neuvième étage, les numéros sont sur les portes.

Un cerceau d'acier se brisa dans la poitrine d'Edmond, il saisit la clé au vol, remerciant d'un gigantesque sourire et tâcha de se diriger sans courir follement vers l'ascenseur dans lequel il monta avec une dignité compassée. Durant toute l'ascension, il dansa la rumba comme un sauvage. Arrivé au neuvième, s'ouvrit à lui un couloir feutré tout en éclairage indirect. La 901 était la première à gauche. Prudent, il frappa à la porte, puis, lentement, fit jouer la serrure. Il pénétra furtivement dans la chambre, alluma, et deux minces pyramides lumineuses firent éclosion aux deux angles de tête du vaste lit. La décoration était purement post-moderne et évoquait un monde idéal en demi-teintes et contre-éclairages. Edmond vit tout de suite le bouquet de fleurs sur le lit. Il alla farfouiller dedans pour voir s'il ne s'y cachait rien de bizarre. Il prit note de la configuration des lieux, particulièrement de la vaste penderie où il pourrait loger sans peine, laissa allumé, ressortit sans fermer tout à fait la porte, et redescendit promptement à la réception.

Le même jeune homme était en bas. Il lui rendit fort gracieusement la clé :

Ç'a été court, vous voyez.

Puis il s'en alla en sifflotant comme un homme heureux de sa bonne fortune. Aussitôt dehors, il traversa la rue mal éclairée mais large, jusqu'à ce qu'il atteigne les maisons juste en face du hall illuminé de l'hôtel, puis s'installa à croupetons, guettant le réceptionniste, bien certain qu'il n'était pas vu de lui à cause de la déflexion lumineuse. Il fallut attendre un certain temps.

À vingt-deux heures trente, il y eut un changement de personnel à la réception. Un blondinet jeunot aux yeux ensommeillés remplaça le cerbère. Ils n'échangèrent pas deux mots. Eddie attendit encore cinq minutes. Enfin il se redressa, fit un crochet pour arriver par la gauche, s'engouffra dans l'hôtel d'un air impérial, et fila directement à l'ascenseur d'un air furibond. Il glissa jusqu'au neuvième étage, retrouva le couloir feutré, poussa la porte du 901 et, une fois à l'intérieur, verrouilla la porte et vint s'asseoir sur le lit pour s'éponger le front.

En prévision d'une nuit plus ou moins longue, Eddie choisit des coussins dans le porte-drap, les déposa sur le sol de la penderie. Il éteignit toutes les lumières, se garda d'allumer une cigarette, s'assit en tailleur dans sa penderie dont il avait refermé les portes coulissantes, et attendit aussi immobile que la statue du scribe égyptien au musée du Louvre.

Les quarts d'heure formèrent un coquet pendentif. Il y avait aussi le sourd grondement de l'ascenseur pour égrener le temps distendu.

Lentement, il s'assoupit, le dos contre la paroi, les jambes calées en lotus. Il volait avec de grandes ailes immaculées aux côtés de Luisa, loin au-dessus d'un océan furieux couleur de béton.

Il arrivait à Lisbonne. Il était libre et seul, sans soucis accablants. Il profitait pleinement de la ville en allant passer son premier samedi soir au Bairro Alto. Puis, le lendemain, il commençait paisiblement son job, faisant le plein de belles choses, se gobergeant dans les bons restaurants, rencontrant de peu farouches créatures l'entraînant dans une rave d'enfer...

Au lieu de ça, il jouait les apprentis Marlowe dans une penderie, face à une organisation invisible et tentaculaire, sans compter les fameux « mf » à récupérer jour après jour, inlassablement, pour finir par « Y5P5B ». C'était atrocement peu poétique pour un frais débarqué dans la rade délicieuse.

9

Les paupières d'Edmond commençaient à s'alourdir comme du plomb lorsqu'il entendit le chuintement de l'ascenseur. Immédiatement, il regarda les aiguilles fluorescentes de sa montre : minuit trois quarts. C'était l'heure du crime.

Une clé fourragea doucement dans la serrure et la porte bascula sans bruit. La moquette amortissait le bruit des pas mais une présence était incontestablement perceptible, quelque chose comme la sueur du grand méchant loup mêlée à une odeur de gomina bon marché. Les lumières s'allumèrent. Il entendit un « pouf! » et pressentit un corps s'asseyant sur le lit. Il entendit encore fourrager parmi les fleurs. Puis « ça » se mit à causer. En espagnol. Eddie comprenait l'espagnol, le catalan même. Il discerna un fort accent basque.

– Le petit enculé n'est toujours pas passé... Il s'en fout de la poulette... Trop heureux d'avoir échappé lui-même... Je peux rassurer les autres. Même s'ils ont paumé le taxi en cours de route, ils n'ont pas perdu grand-chose au change...

Edmond demeurait en extase devant ces types qui

soliloquent au milieu de la nuit par amour de leur voix. Manifestement le gros (Edmond ne le voyait qu'en « gros ») n'était pas très futé. C'était un balèze à petit pois dans le crâne.

Un briquet claqua, genre Zippo. On entendit une cigarette qui s'allume puis des pfff, pfff de cachalot asthmatique. Une odeur de purin commença à se répandre partout jusque dans la penderie.

Les brunes les plus dégueus de la galaxie, songea Edmond.

Il y eut un frottement de plastique.

– (En portugais :) Pour appeler l'extérieur ? Merci.

Bruit du combiné qui retombe. Secondes de silence, puis à nouveau en espagnol basquisé :

– Le petit marquis n'est pas venu chercher Cendrillon. Rendez-vous mercredi soir où tu sais. Comment ? Non pas là. Au nouveau point de chute. Bordel, tu sais. Tu sais plus ? Le Gringo's Café, voilà, c'est clair comme ça. Et pour tous ceux qui nous écoutent... Mais non, il n'y a personne nulle part. Je plaisantais. À bientôt.

Le combiné fut reposé assez brutalement. En voilà une bonne affaire de faite ! Tout baignait dans l'huile pour la mafia franco-hispano-portugaise. Le majestueux rouage n'était pas grippé par l'infâme petit grain de sable dont on n'est jamais à l'abri. L'affaire Luisa-Apollonia Carneiro allait être étouffée magistralement. Mais avant de la buter, il fallait qu'elle crache le morceau à propos d'éventuels duplicatas.

Voilà ce que pensait le caïd espagnol à propos de toute cette affaire, longue et pénible, dont on allait bientôt, peut-être, voir la fin sans casse aucune pour le Milieu. Voilà aussi ce que soupçonnait Edmond avec son art de penser à la place des autres. De tout cela, ressortait que Luisa devait être encore vivante, grâce aux « traces » qu'elle avait pu semer derrière elle, et que tant que les tueurs auraient des présomptions sur ces « traces » encore « en vie », alors Luisa resterait, elle aussi, en vie, vivante et palpitante.

À cause de l'odeur immonde du tabac, on aurait juré qu'un troupeau de boucs transhumait à travers la chambre. Le patapouf poussa des grognements et on entendit le bruit d'une tignasse qu'on frictionne. Et s'il allait coucher là ? Edmond l'écouta encore marmonner :

– Quelle classe tout de même, cette chambre. J'y pieuterais bien avec une pouliche. Mais service-service...

Subitement les lumières s'éteignirent. On ouvrit, puis referma la porte. La séance était terminée, pour cette fois, soupira Edmond.

Celui-ci se rapatria à son hôtel sans trop savoir comment. Il arriva harassé dans sa tanière. C'est alors seulement qu'il sortit de sa poche le mégot récupéré dans la chambre de Luisa et qui avait tant empuanti l'atmosphère. Ducados était la marque. Il avait connu à Bagneux un vieux concierge madrilène qui ne fumait que ça du matin au soir : les plus infectes des cigarettes espagnoles. Avec un tel handicap olfactif, Patapouf ne passerait certainement pas inaperçu mercredi soir au Gringo's Café, la salle fût-elle pleine de fumeurs. C'était tout comme si le type s'était peint une cible dans le dos.

10

Le reporter tuniso-breton se réveilla relativement tôt dans un désagréable sursaut de tout le corps : on frappait à la porte de sa chambre dans laquelle la lumière entrait à flots. C'était une femme de ménage, il était déjà neuf heures trente.

– Occupé ! Occupé ! gémit Edmond.

Il entendit le chariot s'éloigner et se réveilla ainsi tout à fait. Il frotta son menton rugueux de barbe naissante, puis écarquilla grand les yeux, tendant son cou vers une fenêtre. Un coin de ciel, qui dépassait du toit d'en face, dénonçait une matinée grisonnante.

Après une douche, Eddie potassa le plan de la ville et fit des croix correspondant aux restaurants et hôtels à visiter, mais comme on était dimanche, il focalisa surtout sur les hôtels. Il groupa les lieux à inspecter pour gagner du temps. Aussitôt après midi, il était dehors et entamait son parcours. Il écréma pour commencer les abords du Rossio.

Il en avait fini avec son quatrième hôtel, en ayant vu du bon et du moins bon, lorsqu'il passa à l'hôtel numéro 31. C'était presque à même le Rossio. Il fallait passer sous une arcade assez glauque et, dans une petite rue, l'hôtel Pensão Arco Bandeira était situé aussitôt à gauche, au quatrième d'un immeuble qui avait connu des meilleurs jours. Mais ce qui sidéra Edmond, c'était, juste en face, un peep-show vidéo dont la devanture du plus pur genre modern style ou Guimard était celle du plus vieux cinéma de Lisbonne, l'Animatografo do Rossio. Là foisonnaient, de couleur verte, les imitations de lierres, de lianes et d'arabesques raffinées, que le texte du Guide du Routard qualifiait sans chichis de « style nouille ».

La formule causa une brusque commotion à Edmond. Il se reporta rapidement à son agenda en date de mardi et lut *« J+3 : Pipe pauvre nouille box 3 2.45 PM. »* C'était limpide ! « Pipe » valait pour « peep-show », « pauvre nouille » pour la déchéance dans le stupre de cette magnifique façade de cinéma. Et où trouvait-on des box numérotés, sinon dans les peep-show ?

Le rébus avait été joliment monté. C'était là son second rendez-vous d'identifié. Au passage, Edmond nota que le premier, chez Nicolá, ne se trouvait qu'à cent mètres du peep-show, comme si on avait voulu rendre les rendez-vous tout de même assez proches l'un de l'autre. La suite allait peut-être se révéler plus corsée. N'empêche que ce peep-show, quoiqu'à deux pas du Rossio, embusqué derrière son arcade lépreuse n'était pas évident à dénicher. Il avait fallu pour forcer le hasard qu'un hôtel du Guide se trouvât juste en face.

Pour ce temple de la Vénus des Carrefours, deux tentures rouges poussiéreuses tenaient lieu de porte. Une musique disco filtrait de l'intérieur. De temps en temps, un type parlait dans un micro. Edmond vit sortir en biais un digne Lisboète, mais ne vit entrer personne. Un dimanche en début d'après-midi n'était pas une période bien propice au rut des voyeurs. De toute façon, Eddie y serait mardi à l'heure pile, et humblement comme les autres, il entrerait dans la cabine à zieuter. Par pure curiosité n'est-ce pas, mettrait-il aussi quelques pièces pour un strip d'une minute.

Enchanté par cette bienheureuse trouvaille, il passa le restant de la journée à découvrir les vieux quartiers, c'est-à-dire monter, descendre et monter. Pour explorer la Pensão Ninho das Aguias[1], réputé plus beau site hôtelier à prix doux de Lisbonne, il lui fallut gravir, en traversant l'exquise Mouraria assoupie sous un soleil voilé, la calçada de Santo André où se trouve « l'impasse de l'Imaginaire », puis virer en épingle à cheveux sur la Costa do Castelo qui fait le tour des pieds des remparts du Castelo de São Jorge, joyau wisigoth posé au sommet de l'Alfama comme un gigantesque gardien de pierre. Au pied de la pensão, harassé, il grimpa encore un escalier en colimaçon semblable à ceux des phares, puis,

1. La Pension du Petit des Aigles.

tout soudain, il déboucha sur une terrasse, vaste plate-forme parsemée d'oiseaux en volières et de vigne vierge, dominant absolument tout Lisbonne, impérialement. Cet océan de toits portant à l'infini, bordé à gauche par le Tage, et à droite par le Miradouro da Graça et son église, est une vision qu'un visiteur garde très longtemps profondément dans ses mirettes comme le souvenir ému d'une ville enchantée. La pension était une vaste bâtisse verte d'un style vague de pagode avec une partie dominant deux ailes. La partie centrale se terminait en clocheton pointu. Tout là-haut, on avait installé un minuscule salon de lecture d'où la vue était encore plus imprenable. Edmond ne se fit pas faute de s'asseoir dans ce salon miraculeux pour rêver tout à son aise tel Jupiter au milieu de l'Olympe. Il avait tant marché aujourd'hui qu'il semblait que les jambes lui rentraient au-dedans du corps, et pourtant il en redemandait encore et toujours, inassouvi par les mille féeries de cette ville. Il laissait flotter son esprit à la dérive, planant comme un aiglon qui s'essaye à louvoyer dans l'air tendre d'une capitale antique et océane. Là, seulement, au sommet de cette espèce de fusée maçonnée, il pouvait comprendre la soif d'espace des grands oiseaux. Il comprenait leurs gymnopédies aériennes. Il saisissait leur besoin de s'élever toujours plus haut vers l'azur infini qui les protégeait et les renvoyait en même temps sur les parages de cette terre bénie qu'ils effleuraient de leurs ailes soyeuses, semblable à une caresse sidérale.

Il lui fallut enfin quitter ce séjour enchanteur. Comme il descendait l'étroit escalier, il croisa une troupe de jeunes Allemands bardés d'imposants sacs à dos qui venaient tenter leur chance à la porte de cette pension fameuse. Ils suaient, portant des shorts kaki et des brodequins de montagne. Eddie se glissa tel de la fumée au travers de ce groupe compact aux joues rouges. Puis il prit une route plus directe pour dévaler cette face de l'Alfama, qui le ramena dans la petite Mouraria, minuscule quartier aux maisons épuisées mais poignantes, évoquant une bourgade isolée du Portugal profond, mi-repère de pirates, mi-village de vieilles gens. Des chiens dormaient, flancs offerts au soleil. Sous une sorte de grand auvent en contre-plaqué traînaient deux tables de cuisine et dix chaises dépareillées qui faisaient terrasse à un très humble bistrot sans enseigne ni trompettes, comme dans la brousse africaine. Edmond commanda au patron *uma Macieira*, sorte de calva sucré local. Puis il s'assit sur une chaise bancale, guettant les rarissimes passants dans la ruelle baignée d'un franc soleil. Des brins d'herbe poussaient entre les pavés inégaux, usés comme des galets. Certaines façades de masures bombaient du ventre.

La Mouraria avait été – d'où son nom – le dernier quartier maure de Lisbonne, où vécurent gitans, mauvais garçons et ultimes descendants d'Arabes. Là, dans les années trente, le fado régnait en roi. Il n'y avait alors de bon fado que de la Mouraria, où l'on ne s'aventurait que surin en poche, pour affronter les macs et les opiomanes. Ce règne de la noble crapule était fini maintenant. Ne restait sur un pas de porte obscur du beco[1] do Forno qu'une mosaïque indiquant qu'une célèbre chanteuse de fado, Maria Severa Onofriana dite la Severa, avait vécu dans ce qui n'était plus qu'une bicoque fantôme.

Puis, sortant de la Mouraria, Edmond émergea sur le largo Martim Moniz, vaste esplanade demeurée longtemps en chantier sur les arrières du Rossio. De là, il rallia la praça dos Restauradores, où se trouvait, au Palácio

1. *Beco* signifie non pas bisou mais impasse, ou cul-de-sac.

Foz, l'Office du Tourisme et, au milieu de la place, la statue commémorant la victoire sur les Espagnols. Au sommet d'un puissant building années trente se lisait « Eden », ancien cinéma-mastodonte récupéré par un Virgin Megastore d'où le rap, le rock et la pop se répandaient sur Lisbonne pour la faire vibrer aux sons d'une techno planétaire. Au sud de la praça se trouvait la lépreuse façade néo-manuéline de l'estação do Rossio ou gare de chemin de fer centrale, autour de laquelle traînaient des miséreux sans feu ni lieu, assombrissant encore plus le décor. Juste avant la poste, Edmond prit la petite rua Jardim Regedor qui le mena rua das Portas de Santo Antão, rue piétonne très touristique – sorte de Saint-Michel local – bondée de restaurants où l'on parlait bien des langues sur les menus et où les serveurs racolaient joviaux sur la chaussée les promeneurs bardés de Camescopes et d'appareils photo. Au numéro 150, Edmond entra dans le resto Solar dos Presuntos. Il commanda de l'*arroz de peixe especial,* un riz aux coquillages et seiche, et but sa première bouteille de *vinho verde*, du Casal Garcia à 9° et à l'étiquette bleue azulejos sur laquelle était conseillé *« deve beber-se muito frio »*. En effet, la bouteille semblait venir du pôle.

Au sortir du restaurant, une ruelle remit bien vite Edmond sur l'avenida da Liberdade où il héla un taxi :

– Vou à Brasileira, rua Garrett, por favor !

Déposé à la hauteur de la praça Camões, Edmond arriva en quelques enjambées au célèbre café, une sorte de Flore lisboète, où la terrasse était encore pleine malgré le crépuscule venant. Eddie vit le Pessoa de bronze, sur sa chaise de bronze face à une chaise vide du même métal, accoudé à une table de bronze, levant l'autre main entre les doigts de laquelle on pouvait s'amuser à glisser un livre ou une cigarette. La terrasse bondée, Edmond n'hésita pas et prit place sur la chaise vide face à l'auguste poète tout pensif sous son col empesé à nœud papillon. Il fit signe à la serveuse et commanda une bière le plus naturellement du monde. On lui apporta une Superbock en boîte avec un verre en plastique. Eddie garda innocemment sa place près de la statue. La rua Garrett plongeait vers le Carmo et, à l'horizon du soir, on voyait les crénelures du Castelo São Jorge comme une mâchoire de géant protégeant l'Alfama, engloutie de l'autre côté de la colline.

Malgré l'inconfort de la chaise métallique, Edmond resta près de Fernando jusqu'à vingt-deux heures, échangeant avec lui de muettes considérations sur son *Livre de l'Intranquillité*. La nuit pourpre immergeait Lisbonne comme une baignade lunaire.

11

Lundi à huit heures trente, Edmond prenait son petit déjeuner dans la salle du premier étage de l'Hôtel Lisboa Tejo. Il sourit à la ronde et se resservit force cafés et jus d'orange pour se remettre les yeux en face des trous. Le café était léger, plusieurs tasses s'avéraient nécessaires aux intoxiqués à l'arabica.

Remonté au quatrième, Eddie emplit sa sacoche de guides, du dictaphone et d'un autofocus avec zoom de 70, sans oublier ses carnets. Il ajusta une cravate-lacet sur sa chemise noire et déplora le voile de poussière sur ses chaussures, n'ayant pas emporté de cirage. À dix heures trente, dans un Rossio bien plus animé que la veille, il entra chez Nicolá pour affronter son premier rendez-vous mystérieux. Il commanda un verre de lait et attendit le dandy en vert censé le contacter à onze heures. Deux vieux types en combinaison bleue de mécanicien, arborant un badge, passaient parmi les consommateurs et leur montraient leurs chaussures en faisant le geste las de frotter. Ils portaient dans l'autre main une espèce de tabouret. Edmond profita de l'occasion d'un cireur ambulant et livra ses pieds au bonhomme qui le relançait en faisant la moue. Il posa une chaussure sur l'escabeau – affreusement gêné intérieurement – et laissa faire le cireur. Les chiffons et les brosses volaient entre les doigts agiles. Subitement Eddie faillit faire une embolie :

– Ce type « cire ». Il est en bleu. « Le bleu sire » ! Bon sang mais c'est bien sûr ! Si un cireur en combinaison verte apparaît à onze heures tapantes, il y a quatre-vingt-dix-neuf chances sur cent pour que ce soit mon homme du premier rébus !

Edmond paya le cireur quatre cents escudos et le travail était impeccable, le cuir rutilait comme neuf. Ensuite ce fut l'attente. La montre d'Eddie était à l'heure à dix secondes près. À l'heure fatidique, il fixa l'entrée du café. Il faillit pousser un cri de joie. Un cireur à cheveux blancs, au visage congestionné, au nez plus rouge encore, mais à la combinaison vert pomme entra dans l'établissement, dévisageant tous les consommateurs avec une espèce d'insolence discrète. Lorsqu'il arriva enfin devant Edmond, celui-ci lui fit un clin d'œil et murmura :

– « Mf » são para mim, dá-mas por favor !

– Luisa-Apollonia, e pois ?

– Luisa-Apollonia Carneiro.

– Está bem.

Le « vert sire » déposa un paquet de SG Gigante rouges sur la table d'Edmond puis s'en alla sans que celui-ci puisse le retenir. En quelques secondes, il avait disparu, happé par la foule. Eddie considéra le paquet de cigarettes entamé, le palpa et sentit un petit cylindre dur de la taille d'une moitié de pile pour walkman. Il descendit aux toilettes, s'enferma dans un cabinet et, sur le couvercle de WC abattu éventra le paquet. Parmi les cigarettes, un petit cylindre de métal argenté qui s'ouvrait en deux en se dévissant. À l'intérieur, un rouleau de microfilm attaché par un minuscule cordon noir. Eddie détortilla le cordon et déroula le microfilm sur quelques centimètres et l'observa à la lumière. Il voyait un fouillis de signes microscopiques qui ne pouvaient devenir intelligibles que sous un puissant microscope. En outre, ce semblait être un négatif. Il réenroula le document, retortilla le petit cordon et intégra l'objet dans son container dont il observa de près le métal. Il discerna un poinçon près de la solution de continuité. En plissant très fort les yeux, il put lire dans un cercle-poinçon « Al » et c'était tout. Il glissa le micro-container dans son paquet rigide de Winfield qu'il cala au fond de sa poche de veste et remonta à la surface, extraordinairement troublé.

Assis à nouveau à sa table ronde, la poche dans laquelle était le microfilm semblait à Edmond contenir un gyrophare sonore allumé. Il ne put longtemps tenir en place comme si sa chaise s'était transformée en gril ardent. Sans débattre plus longtemps, il reprit le chemin de l'hôtel pour y déposer l'objet. Lorsqu'il arriva à la réception le regard de la jeune femme percuta le sien :

– Monsieur Benakem, trois policiers sont venus pour vous voir...

– Trois policiers ?

– Oui, deux uniformes et un civil. Le civil m'a demandé si un taxi n'avait pas déposé ici samedi entre quinze et seize heures un client français ou parlant français et étant tout seul. Vous correspondiez au signalement. J'ai dû donner votre nom. Le policier en civil a demandé si vous étiez de nationalité française ou nord-africaine, ce que je ne savais pas.

Je suis français. J'ai un passeport français.

– Alors voilà, vous êtes convoqué à la police demain matin à dix heures trente. Il vous faudra demander... (La jeune femme consulta des notes :) Il vous faudra demander l'inspecteur Borges-Coutinho. C'est tout.

Edmond remercia en grimaçant. Il était déjà devant l'ascenseur lorsque la jeune femme reprit :

– Oh! À propos, ces messieurs ont demandé à voir votre chambre. Nous sommes désolés.

– Ils avaient un mandat de perquisition?

– Dans un hôtel, ces choses-là se font à l'amiable. Et puis... et puis je ne pense pas que vous ayez eu quelque chose à cacher, monsieur Benakem...

– Bien sûr, mais le procédé est tout de même expéditif, signala courtoisement Edmond.

– Ils sont vite redescendus en tout cas.

– Fouiller mes bagages ne prend pas longtemps, dit aimablement Edmond à la jeune femme qui hocha la tête.

Dans l'ascenseur, Eddie se sentit pris entre deux feux; coincé entre deux mâchoires aussi puissantes l'une que l'autre, mortellement dangereuses.

Arrivé dans sa chambre, Edmond ressentit en effet que des inconnus étaient passés par là. L'air semblait pesant de présences indiscrètes. Il découvrit que manquait la mallette avec les liasses de documents et le pistolet. On avait par ailleurs fouillé dans ses propres affaires, remises en place à la va-vite. La police n'avait pas perdu son temps. Il faudrait maintenant trouver un prétexte pour justifier de la présence des bagages inopportuns. Heureusement que dans un réflexe rétroactivement malin, Edmond avait pris la feuille sur laquelle était inscrite la procédure d'urgence, l'avait pliée en huit et l'avait glissée en sorte de cale sous un des pieds du sommier masqué par le couvre-lit, et qu'il retrouva intacte.

Edmond dressa son plan pour l'audition du lendemain. Il jouerait franc-jeu, avouerait avoir rencontré Luisa dans l'avion et menti au chauffeur sur leurs relations, curieux qu'il était de débrouiller l'affaire lui-même. Il dirait qu'ayant découvert une arme, il avait pris peur et hésité à contacter la police. Mais il garderait le silence le plus absolu sur les rendez-vous rébus et sa visite nocturne à l'Executive Inn. Il voulait garder une longueur d'avance sur la police, persuadé par un sentiment don quichottesque, qu'il était, lui, plus à même de gérer l'affaire et de remonter la filière jusqu'au moment ultime où il déciderait d'en référer aux keufs.

12

Le reporter ne se laissa pas abattre et reprit l'agenda fatidique où étaient consignés les rébus non résolus. Il lut celui de mercredi : « *Personne ne change 1.15 PM* » et celui de jeudi « *Bombe l'autre bande 3.57 PM* ». Le premier devait se situer dans un lieu clos, car l'horaire n'était pas précis à la minute, c'était d'ailleurs une heure de repas. Un restaurant ? Rien ne l'indiquait.

Que ferais-je à treize heures quinze si je ne déjeunais pas ? réfléchit Edmond. Mais ses pensées se perdirent dans un flou artistique et il revint à des préoccupations plus pressantes. Comme par exemple transformer ses travellers en liquide.

Une petite ampoule s'alluma dans le cerveau d'Eddie.

– Ça s'appelle « changer » des travellers, ça. Et les banques sont ouvertes à l'heure du déjeuner... Trouver une banque où « personne ne change ». Il y en a des tas, c'est absurde. Renversons le problème : une banque où « une personne change ». Il y en a beaucoup, tout un poème !

De « poème », Edmond pensa à Fernando Pessoa et l'ampoule se changea subitement en flash aveuglant. Au mot « personne » il fallait comprendre la traduction portugaise « pessoa ». Ce qui donnait alors quelque chose comme « Pessoa ne change pas ». Le poète étant mort, ce ne pouvait être qu'un sosie bien vivant. Mais il fallait bien quand même que ce pseudo-Pessoa change, pour être en contact avec la clientèle. Il change pour tout le monde, mais il ne change pas pour moi, se dit Edmond. Il refuse de changer et c'est le signe que c'est bien lui. Mais comment l'amener à faire ce signe négatif? Trois solutions au choix : prononcer le nom de Luisa; dire le mot « microfilms »; se présenter en disant *« no cambio para mim por favor »*. La dernière solution paraissant la plus évidente. Restait à retrouver ce Pessoa ressuscité en écumant les officines de change, partout dans la ville s'il le fallait, Eddie ayant encore quarante-huit heures devant lui. Quelque chose cependant lui disait sourdement qu'il n'aurait pas – tout comme pour les deux premiers rébus – à aller chercher trop loin. Manifestement « on » le ménageait. Et cette fois, face au Pessoa de service, il ferait tout pour le faire parler, car l'autre ne pourrait pas, rivé à son guichet, se dérober.

Edmond descendit à la réception et demanda où se concentraient les offices de change près de l'hôtel.

– Vous avez trois ou quatre banques qui changent à deux pas d'ici, rua Augusta, la grande rue piétonne qui redescend toute la Baixa. Attention, elles ferment à quinze heures trente, un peu avant même parfois.

– Vous êtes adorable.

La charmante réceptionniste rougit, courba la tête et cligna les paupières comme si une main invisible caressait sa chevelure blonde.

La rua Augusta était large, on y circulait à l'aise. Au milieu se trouvaient des terrasses de snacks pour touristes autour desquels tournaient quelques mendiants. Des gens passaient vite en tous sens. Edmond considéra une à une les façades de magasins et identifia une première banque faisant du change. Il y entra et inspecta le personnel. Pas de simili-Pessoa. Il trouva une seconde banque à la devanture bleu nuit. Il y pénétra et alors ne vit que lui.

Derrière les trois comptoirs de change, un employé à nœud papillon était la réplique exacte de Fernando Pessoa à quarante ans. Il fumait cigarette sur cigarette. C'était trop beau, mais c'était pourtant vrai. Eddie stationna dans un coin et examina en détails l'homme qui restait stoïque et parfaitement digne, comme l'eût fait Pessoa lui-même en pareille circonstance.

Nous n'avons ni Baudelaire ni Verlaine dans les banques, nous, en France. Ce serait tout à fait drôle, jubila Edmond. Puis il pensa que le véritable Pessoa avait bien été quelque chose comme chef comptable dans une société d'import-export, pendant de nombreuses années, rua dos Douradores, paraît-il, et étant fort ponctuel.

Il allait être bientôt quatorze heures. Eddie avisa une enseigne bien humble qui proclamait cependant O Rei do Caracóis[1]. Il entra dans la petite salle un peu miteuse où, derrière des vitrines réfrigérées, se trouvaient de multiples nourritures, et commanda un rustique plat de morue braisée. Ce type de cuisson faisait mieux ressortir le goût sinon un peu fade de ce plat basique, et si cher aux Portugais qu'ils surnomment la morue « l'ami fidèle » et prétendent savoir l'accommoder de trois cent soixante-cinq façons différentes. On l'accompagne systématiquement de vin rouge, ce que fit avec orthodoxie Edmond.

1. Le Roi des Escargots.

À la sortie du Roi des Escargots, il prit le pas gymnastique et décida d'une première incursion – juste une mise en bouche – dans le Bairro Alto. Il grimpa le Carmo, voyant qu'on reconstruisait les immeubles incendiés. Au milieu de la rue piétonne, une auto 1900 servait de comptoir de vente de CDs de fado. Un peu plus loin, à croupetons sur un coin de trottoir, un Japonais jouait d'un bizarre instrument extrême-oriental à une corde. Les sonorités se faisaient doucement apaisantes et zen. Edmond laissa la pièce. Puis il tourna à droite dans le Chiado. Des magasins chics vieillots offraient leur devanture années trente. À gauche, derrière une devanture en bois ciré se trouvait la livraria Bertrand, la plus célèbre librairie de Lisbonne. Edmond s'y glissa d'un air badaud. La première chose qu'il vit dans une allée fut deux piles côte à côte, assez hautes, et terminées par le livre mis debout. Ils étaient ex æquo numéro 8 au top 30 des ventes. D'un côté, couverture brune, photo de l'auteur, *Mein Kampf*, sous-titré et traduit en portugais. De l'autre, *Les Manifestes du Surréalisme* d'André Breton, toujours en portugais. Edmond devint rouge pivoine et, profondément choqué, faillit faire un esclandre en donnant un coup de pied dans « la pile du Führer ». Il se contint à grand-peine, serrant les poings dans ses poches. Le nazisme avait l'air de prospérer à Lisbonne. Surréalisme, nazisme, on faisait un salmigondis aberrant d'idées et de théories. Y avait-il donc ici des Surréalonazis ? Comment pouvait-on, au grand jour, parfaitement décontracté, non seulement vendre ce tas d'ordures – *Mein Kampf* – et le proclamer sans états d'âme numéro 8 au top des ventes ? Et c'était la librairie la plus réputée de Lisbonne, presque en face du Brasileira ! Edmond imagina La Hune, à Paris, mettre *Mein Kampf* en vitrine. Mais non, ce n'était même pas imaginable une seule seconde...

Il eut une pensée pour Wolfgang. Le vieil homme entrant ici aurait eu certainement une attaque. Ou plutôt il se serait contenté de ricaner et de passer son chemin, alimenté dans son pessimisme systématique : on commence comme ça, on finit par rallumer les fours.

Edmond s'enfonça dans les profondeurs de la librairie, inspecta le maigre rayon de livres en français. De bons gros classiques, rien de fascisant. Il sortit du magasin à grands pas et fut content de se trouver à l'air « libre ».

Malgré le substrat de *la movida* ibérique et le retour de la gauche, voire d'une certaine extrême gauche crypto-libertaire, les racines du mal, racines profondes du salazarisme et du franquisme, n'étaient pas véritablement extirpées, et les enragés de la Haine continuaient dans l'ombre à lire leurs bréviaires et à se monter la tête, infiltrant les institutions, la police et l'armée, attendant des jours propices pour rappeler aux Ibères d'Espagne et du Portugal qu'il était temps de replonger dans leur ténébreux passé. C'était d'autant plus jouable que ni Franco ni Salazar ne s'avouèrent jamais franchement « fascistes ». Tout au plus nationalistes, catholiques autoritaires, mais paternalistes et faisant mine de mettre de l'eau dans leur vin empoisonné.

Edmond arriva sur la praça Camões, l'auteur fameux des *Lusíadas* parues en 1572 contant l'épopée de Vasco de Gama, dans le style épique et colégramme. L'auteur statufié se trouvait d'ailleurs au milieu de la petite place, comme sur le point de dévaler dans le Tage par la rua do Alecrim, au fond de laquelle on voyait les grues des chantiers navals et la poterne LISNAVE.

À l'angle de la praça et de la rua da Misericórdia, un petit snack brasserie Trevo offrait une vue sur la rue plongeante. Au zinc, Edmond admira la belle colonne blanche émaillée aux armes de Sagres de la tireuse de bière pression. Il en demanda un verre ainsi qu'*uma sanduiche queijo*[1] dont il fit trois bouchées, servi en petit pain rond. Il remit ça sur la Sagres qui décidément n'était ni mauvaise ni chère. Il ressortit légèrement grisé et fut à pied d'œuvre pour percuter le Bairro Alto. Il entra vivement dans le dédale, le parcourut pendant deux heures avec soin, trouvant moult bars et restos, souvent à touche-touche dans certains coins. C'était un véritable gisement. Il avait l'impression de circuler sur un damier enchanté pour soiffards et Gargantuas. La multitude d'adresses l'empêcha même de prendre correctement des notes. Les nombreux carrefours se ressemblant tous créaient une atmosphère d'Alice derrière le miroir. Pour l'instant, des mamas et des toutous prenaient le soleil, s'interpellaient d'un carrefour à un autre. C'était un mélange de rades branchés, de vieux bistroquets, de restos mystérieux en façades, et de boîtes à fado attrape-gogos. Vers le fond, le laisser-aller augmentait façon casbah. Mais non, c'était Lisbonne et pas Ménilmontant ou Tanger. C'étaient les couleurs, les odeurs, les visages du vieux Lisbonne qui s'ébrouaient avec un naturel confondant en attendant que vienne la nuit magnétique, ses lueurs et ses chimères. C'était de nuit qu'il fallait faire l'amour avec le Bairro Alto. Le jour n'était qu'émoustillants points de suspension. Eddie trouva cependant assez de zincs ouverts pour prendre une mignonne cuite. Il ressortit du Bairro par le largo Trindade Coelho, place donnant sur la volée d'escaliers plongeant vers la gare du Rossio. Sur le largo, il y avait des kiosques à journaux et une curieuse statue de marchand de journaux servant de perchoir à pigeons. Il prit en photo cet objet kitsch et surréaliste. Il décida d'aller

1. Un sandwich au fromage.

au bar-resto Estibordo à deux pas, localisé par le GdR. Avec sa salle sombre, ses boiseries, sa porte d'entrée avec hublot, il ressemblait à l'intérieur d'un navire. Le bar, tout en longueur, formait un demi-coude. Eddie plissa les yeux et sourit béatement : dans cette ville, il fallait être ivre pour trouver le plus sûrement les bons lieux.

– Si j'étais avec Luisa... gazouilla-t-il. Puis il frappa de son poing sur le bar : Les salauds ! Ah ! les salauds ! M'enlever la femme de ma vie, me forcer à résoudre des rébus ridicules. Et pour finir me retrouver avec les flics sur le dos !

Tout ceci pris en considération d'un seul coup, dégrisa brutalement Eddie, qui se passa lentement la main sur le visage comme au réveil, et ne toucha qu'à moitié à sa septième bière qu'il se jurait être la dernière de la journée.

13

Tôt mardi matin, réveillé par téléphone, Edmond, vaguement vaseux, se souvint avoir dîné la veille à la Cervejaria da Trindade, vaste resto aux murs foisonnant d'*azulejos* merveilleux, bâti sur les anciennes salles d'un monastère. À l'entrée les menus se présentaient comme des bréviaires laïcs et les serveurs officiaient comme des archevêques disant le messe. Il avait mangé une assiette de fruits de mer, puis des brochettes de lotte et gambas, généreusement arrosées de vin vert du Minho, ce qui lui avait fait prendre langue avec les clients d'à côté, dont un garçon et une fille parlant français. Il avait dragué la fille tout en douceur et s'était vu aimablement offrir à la fin du repas son numéro de téléphone sur un bout de son GdR. Elle s'appelait Carlotta, brune coiffée à la garçonne, habillée avec une chemise d'homme rouge sang.

Stupidement, Eddie avait engagé la conversation sur le plat national, la morue, sa vie, son œuvre. Il avait tout d'abord appris qu'une jeune morue s'appelait un cabillaud et que l'espèce s'en trouvait menacée en mer du Nord à cause du phoque – grand amateur de morue – et de la pêche intensive. Puis on embraya sur les vins. Edmond entendit parler du moscatel de Setúbal, du bairrada, du carcavelos, et du douro. Il vanta pour sa part le *vinho verde* qui se boit comme du jus de raisin. Il apprit que l'un des plus prestigieux s'appelait l'alvarinho da Brejoeira, et qu'il existait aussi du vin vert rouge.

Il en profita pour sortir ses rébus et les énumérer, mais on le regarda avec des yeux comme des soucoupes. Il fallait posséder parfaitement français et portugais pour les résoudre. Eddie expliqua en deux mots son job de reporter. On trouva que c'était un petit veinard.

– Mais si vous saviez tout... Si vous saviez tout ce qui vient de m'arriver... et il faillit éclater en sanglots comme un vieil ivrogne.

On lui tapa amicalement dans le dos tout en lui jurant qu'on comprenait qu'il devait déjà avoir le mal du pays ou un mauvais coup de *saudade*, puis la fille, pendant longtemps, regarda Edmond d'un drôle d'air un peu trop doux comme si elle couvait un gros bébé inconséquent. Du coup, Eddie reprit du poil de la bête et, jusqu'à la fin, apparut à nouveau à peu près potable. Il ne se rappelait plus comment il était rentré à l'hôtel et restait perplexe sur une éventuelle excursion nocturne dans le proche Bairro Alto.

Aujourd'hui, Edmond avait deux rendez-vous importants. La maison Poulaga à dix heures trente, et en début d'après-midi le box numéro 3 du peep-show de l'arcade.

Des contacts au sommet, grommela Eddie, et variés,

avec ça. Les flics, puis les putes. Jolis points de chute pour un reporter. Et Edmond songea à son patron et au respectable Guide. Il ne pourrait certainement pas avouer au retour le quart de la moitié de ce qui lui était déjà arrivé.

Un peu avant l'horaire prévu, le suspect se présentait au 13 (chiffre maudit) rua Capelo, sur les hauteurs du Chiado, et entra dans une sorte de grand patio carré, avec de multiples portes, qui ne manquait pas d'un certain charme mexicain. Edmond se fit connaître à l'accueil et demanda l'inspecteur Borges-Coutinho. Un uniforme parlait français, mal, mais ils se comprirent.

– Il est avec l'inspecteur Olivares. Troisième au fond. C'est bien d'être venu.

– J'essaye de rendre service.

Edmond frappa à la porte susmentionnée. Une belle voix de basse-taille le pria d'entrer en portugais. Il entra.

Deux bureaux en métal se faisaient face dans ce qui semblait une salle de classe car figuraient un tableau noir sur un mur et un plan de Lisbonne sur l'autre. Deux moustachus, de forte prestance, dont l'un avec une calvitie naissante, tapaient à la machine dans une tabagie malgré l'heure matinale. Plusieurs gobelets de plastique contenant des fonds de café voisinaient avec de gros cendriers en verre dépoli. Les hommes travaillaient avec le holster plein sous l'aisselle gauche.

– Brhm. Senhor Borges-Coutinho por favor.

– C'est moi, répondit en assez bon français calvitie-naissante. Vous êtes Edmond Benakem. C'est très gentil à vous d'être venu. Prenez une chaise. Cigarette?

– Tiens, vous fumez des Golden American, dit bêtement Edmond en prenant une cigarette du paquet offert vers lui.

– Nous ne gagnons pas lourd à la Police des Étrangers. Ce sont les moins chères du Portugal.

– Je croyais que c'étaient les Pall Mall.
– Non, celles-ci coûtent dix escudos de moins.
– En France, le tabac américain coûte plus cher.
– Quel rôle joues-tu dans cet enlèvement ?
Eddie regarda fixement, la gorge sèche, son interlocuteur qui avait posé une fesse sur un coin de son bureau et dont une épaule pendait plus bas que l'autre.
– Ce... celui de l'élément imprévisible...
– Mais encore ? Tu es le petit ami de Luisa ?
– Je l'ai fait croire au chauffeur de taxi. En fait, j'ai rencontré cette fille dans l'avion venant de Paris et nous avons sympathisé.
– Tu es dans un sale – comment dites-vous en France – un sale paquet de caca ?
– Un sale merdier, hoqueta Edmond.
– Tu es dans un sale merdier, Benakem. Que viens-tu faire à Lisbonne ? Vacances, business ?
– Je suis reporter pour un guide touristique. Je suis chargé de remettre à jour les adresses sur Lisbonne.
– Quel est ton employeur ?
– Le Guide du Routard, les Éditions Hachette, à Paris.
– Ils répondraient de toi à Paris ?
– Vous pouvez leur téléphoner d'ici.
Calvitie-naissante se dirigea vers l'appareil dont il souleva le combiné entre deux doigts, avec nonchalance.
– Même en leur disant qu'il se trouvait dans ta chambre un CZ100 9 mm et une liasse de dossiers appartenant aux services spéciaux de Paris, Madrid et Lisbonne ?
– Là, chuinta Edmond, là il ne vaudrait mieux pas.
– Biiien. Et l'inspecteur laissa retomber le combiné qui cogna violemment sur la fourche.
Borges-Coutinho prit sa chaise, la fit voltiger d'une main et s'assit juste en face d'Edmond, à califourchon les bras croisés sur le dossier.

– Pourquoi as-tu pris les bagages de Luisa Carneiro? Et voyant leur contenu, pourquoi n'as-tu pas immédiatement averti la police, c'est-à-dire nous?

– J'avais peur qu'on me pose les questions que vous me posez en ce moment. C'était un cercle vicieux.

– Pourquoi, dès l'enlèvement, n'es-tu pas venu témoigner alors que tu savais que le chauffeur de taxi allait le faire, puisqu'il te l'avait dit?

– J'attendais les répercussions de l'audition du chauffeur. Et puis je, j'...

– Tu, quoi?

– J'étais curieux de fouiller les bagages de cette fille.

– Que t'a-t-elle dit sur elle dans l'avion?

– Qu'elle revenait ici pour un divorce.

– Tu lis l'espagnol et le portugais?

– L'espagnol seulement.

– Alors tu sais de quoi il retourne la concernant?

– J'ai vaguement saisi; j'ai pris peur.

– « Vaguement » ou un peu plus?

– Beaucoup plus, monsieur l'inspecteur.

– Le tissu du fond de la mallette est décousu. Y avait-il des documents particuliers cachés derrière?

– Je le croyais, mais non.

– Tu nous le confirmes?

– Il n'y avait absolument rien, répondit Edmond d'une voix sépulcrale qu'il s'efforçait d'affermir.

– Est-ce que tu penses que la mafia sait qu'il y avait un second témoin de l'enlèvement?

– Oui, puisqu'elle a attendu que je descende tirer de l'argent.

– Alors elle a pu te filer jusqu'à ton hôtel. Tu vois ce que tu risques en traitant tout seul cette histoire?

– Jusqu'à présent, je n'ai été ni inquiété ni agressé et dans mon esprit, il était prévu que je vienne vous remettre la mallette. C'était pour moi évident.

– Oui, mais tu as tardé. Trois jours avec ce flingue et ces papiers : tu es lent à la détente. Pour nous, tu restes suspect.

– J'avais à me préoccuper de mon travail de reporter.

– Raison de plus pour venir nous voir aussitôt et repartir la conscience tranquille. Mais tu as voulu mener ton enquête de ton côté, n'est-ce pas, Benakem ? Tu es un petit malin.

– On le dit parfois.

– Écoute, je vais faire ami avec toi. Voilà ce qui s'est passé : tu es tombé amoureux de cette fille et tu t'es pris pour Don Quichotte après t'être pris pour Don Juan. Mais ce contre quoi tu voulais lutter, ce ne sont pas des moulins à vent. Loin de là. C'est le format nettement au-dessus. Même nous, ici, nous ne contrôlons rien et nous les avons à... comment dites-vous ?

– À zéro.

– Merci Benakem, tu es un gentil garçon. Ça m'attristerait beaucoup qu'ils te tuent. Pour l'instant Luisa est vivante, nous le savons, mais nous ignorons où. Il traîne dans cette ville des doubles des micro-documents qu'elle portait sur elle au moment de l'enlèvement. Il y avait, en cas de malheur, un contrat entre elle et nous, mais elle a refusé que je vienne la chercher à Paris, cette tête de mule.

– C'est... c'est un agent-policier ?

– Elle travaille pour les Services Spéciaux français. Excellent élément. Mais indisciplinée. Elle oublie souvent qu'elle est une femme dans certaines circonstances.

– Et elle venait témoigner pour... hasarda Eddie.

– Pour couper la tête d'une organisation internationale qu'elle avait contribué à démanteler. Elle voulait être en vedette jusqu'au bout, pour l'avancement sans doute. Mais elle a présumé de ses forces. Certes, elle ne sort pas du couvent. Ceux qui la tiennent savent qu'elle n'a pas lâché toutes ses cartes. Mais elle ne parlera pas quoi qu'ils lui fassent. La situation est bloquée, et nous aussi. Qu'est-ce qu'on va faire de toi, Edmond Benakem ? T'offrir une autre cigarette ? Te mettre en prison par mesure préventive ? Tu préfèrerais quoi, toi ?

Et l'inspecteur cala son menton sur ses deux mains. Ses dents brillaient derrière ses lèvres entrouvertes. Son haleine était chargée de tabac. Il souriait doucement.

– Je... j'aimerais ressortir libre meuu... mais garder le contact avec vous, inspecteur. Ils peuvent chercher à m'abattre. Alors ils se montreront. Peut-être.

– Tu veux que je te fasse suivre ?

– Je suis très mobile pour mon travail (Edmond songea à ses rendez-vous secrets et flippa), ça risquerait de se remarquer. Laissez-moi un moyen de vous joindre vingt-quatre heures sur vingt-quatre.

– Aaah ! La technologie.

Et l'inspecteur Borges-Coutinho se leva tout doucement, alla échanger trois mots avec Olivares qui lui remit une petite clé avec laquelle il ouvrit une armoire en fer. Il fouilla soigneusement puis revint vers Edmond avec un objet noir dans la main de la taille d'une grosse boîte d'allumettes avec des boutons et un mini haut-parleur, comme une mini radio FM.

– Ceci est un émettteur-récepteur qui arrive chez nous. Il fonctionne dans un rayon de deux kilomètres et il est préréglé sur une fréquence spécifique. Pour l'allumer, tu tournes ce petit bouton, qui règle aussi le volume sonore. Tu parles à hauteur de ce flat-micro en bas. Il y a un mini haut-parleur pour écouter. Mais voici un écouteur que tu branches ici et qui coupe le son extérieur. Lorsque le poste est allumé, il nous faut trois minutes pour localiser l'endroit où est le poste. Trois minutes, retiens bien. En dessous, nous ne savons pas d'où tu appelles. Tiens, prends-le.

La chose passa de main en main et Edmond fut embarrassé comme s'il tenait en l'air Brisbane Bornéo par une seule patte. L'inspecteur saisit son scrupule.

– N'hésite pas. C'est du très solide. Il y a un clip pour l'attacher au revers d'un vêtement et une pièce aimantée au verso pour le fixer sur une surface métallique. Ne le perds pas.

– Alors je suis libre, bredouilla Edmond.

– Il y a des charges contre toi. Vol de documents classés secret-police. Possession sans permis d'arme automatique. Nous avons enregistré tout ça. C'est en sommeil. C'est une manière de te mettre un fil à la patte.

– Alors je suis sursitaire, soupira Edmond.

– Remarque que tout peut très bien se passer durant ton séjour chez nous. À la veille de ton départ, il faudra seulement nous ramener le gadget.

– Vous ne m'avez pas questionné sur mon adresse en France, mon âge, ma nationalité ?

– Dans la pièce d'à côté sont les ordinateurs. C'est beau, la rue Letalle ?

Eddie haussa les épaules en souriant. L'inspecteur lui tapa dans le dos et le raccompagna jusqu'au patio.

– Prends une dernière cigarette, petit. Et garde-toi bien.

14

Lorsqu'Edmond sortit du commissariat, il avait la nette sensation de s'évacuer d'un hammam torride où on lui aurait fait des propositions contre-nature. Il fila tout droit sans réfléchir au travers des rues, se trouva sur le largo do Chiado et finit chez Trevo devant un double brandy. Les fameux restos du funiculaire da Bica étaient proches et il décida d'aller y faire un tour pour restaurer ses forces entamées par sa conversation « courtoise » avec l'inspecteur Borges-Coutinho[1].

Le funiculaire, nacelle en ferraille jaune canari, se trouvait au sommet de son parcours et quelques passagers embarquaient à son bord pour descendre sur des rails la rude côte qui amenait aux abords de Cais do Sodré. Edmond entra à la Casa Liège au 72, presque juste en haut de la rue. La salle était assez claire avec peu de monde. Il s'assit à côté de deux balèzes en complet-veston-gourmettes-bagouzes qui mangeaient de grand appétit un gigantesque plat unique et hétéroclite et buvaient chacun leur litre de rouge en pichet Duralex versé dans des verres à bière. Les Gargantuas restaient les yeux rivés dans leur assiette, mâchant gloutonnement comme des taureaux sauvages. Edmond envia leurs appétits maousses, lui qui n'avait qu'une toute petite faim de dactylo anorexique. La serveuse regardait un film avec Errol Flynn sous-titré et un grand ventilateur de comptoir déployait ses pales immobiles.

En tâtant sa poche de veste, Edmond rencontra l'émetteur-récepteur que lui avaient remis les policiers. Il le posa sur la table et l'examina.

On dirait un chmilblik soviétique.

Curieux, il tourna le bouton qui enclenchait l'émission et entendit un grésillement. Il s'approcha du micro :

– Allô, allô, allô ?

– Benakem ! Que se passe-t-il ?

– Rien, inspecteur, je vérifiais la bonne marche de l'émetteur.

1. Prononcer « Borch-Coutigne ».

– Vous avez bien fait.

– Je suis dans un restaurant pas loin, ho modeste, la Casa Liège, rua da Bica. J'ai mangé un *bife a milanese.* C'était assez bon, inspecteur.

– Nous en sommes ravis. Vous allez prendre un café maintenant, je présume ? Et un petit digestif ?

– Vous croyez ?

– C'est ce qui vous reste de mieux à faire ainsi que d'éteindre ce poste. Et de ne nous rappeler qu'en cas d'urgence, mon petit Benakem.

– Mais vous n'êtes pas vexé, inspecteur ?

– Absolument pas. Éteignez.

– Inspecteur ?

– Quoi encore ?

– Pour le digestif, je prends quoi ?

– Licor Beirão, c'est excellent pour l'estomac. Coupez.

– Je coupe, inspecteur. Bon après-midi à vous tous.

– C'est ça. Adeus.

En jugulant son fou rire, Edmond ferma le bouton et caressa d'un doigt l'objet magique.

Avec ceci, je vais les faire courir un brin...

15

À quatorze heures trente-cinq, Edmond pénétra dans le peep-show de l'Animatografo do Rossio. Des portes de cabines peintes en rouge se suivaient selon une courbe qui formait cercle, dont le milieu devait être la cabine de strip-tease. À gauche en entrant, derrière un comptoir entouré de posters de filles nues, l'aboyeur passait les disques, échangeait des coupures contre de la monnaie, et toutes les quatre minutes présentait une nouvelle fille par son prénom en bavant dans un micro.

C'était un mastard peu commode. Edmond, ignorant des habitudes, présenta un billet de mille escudos. Le mastard le jaugea froidement et une nuance de mépris haineux pétilla dans ses yeux. Eddie soutint le regard d'un air ahuri. On lui rendit dix pièces de cent escudos. Il répondit distinctement *« obrigado »* et fila l'air de rien vers la porte 3. C'était occupé, il prit la suivante et s'y enferma. Il était quatorze heures quarante. Devant lui, une vitre opaque d'où filtrait de la lumière, au-dessus un distributeur de Kleenex en métal et au sol une petite poubelle en plastique avec quelques mouchoirs souillés roulés en boule.

Le voyeur d'occase ignorait combien il fallait mettre de pièces dans la fente prévue à cet effet sous la vitre. Il en mit une, rien. Une deuxième, rien. « C'est cher ! » Une troisième. Plop. Comme par enchantement, la vitre devint translucide. Il se trouvait face à face avec une adorable petite blonde au corps fin et délié sur lequel ne restait plus qu'une petite culotte blanche dont elle tirait l'élastique.

– Mais peut-elle me voir ? Je vois bien les types en face dans leurs boxes...

La fille, entièrement nue, roula sur le ventre et cambra une délictueuse chute de reins. Edmond eut des bouffées de chaleur de désir et de honte mêlés. Il reprit sa respiration et se gendarma sévèrement. L'écran s'opacifiait à nouveau de haut en bas, le renvoyant à sa solitude misérable.

Mais piqué au jeu, oubliant sa « mission », Edmond remit trois cents escudos dans le mange-sous. Le verre se fit clair. La fille avait changé. C'était une brunette délicatement dodue aux cheveux bouclés qui lui mangeaient le visage. Elle avait des lèvres boudeuses et des yeux verts en amande. Une fine mousseline recouvrait à peine son corps attendrissant. Elle commença le strip avec des gestes onctueux. Lascive, elle tendit sa bouche en un baiser vers la vitre d'Eddie qui se rejeta brusquement en arrière, maîtrisant mal une électrique chair de poule.

Il continua à zieuter, touchant tout partout du regard. Le voyeurisme avait ses fastes sournois.

La poignée de secondes était écoulée et le seul se retrouvait seul en bis. Il consulta sa montre : quatorze heures quarante-huit, trois minutes de retard. Eddie jaillit de son box et réessaya le numéro 3 qui s'avéra libre. Il s'y verrouilla consciencieusement. Deux hypothèses pour les microfilms : le dessus du dévide-Kleenex ou la poubelle. Il passa sa main sur le distributeur en métal... redoutant que rien ne s'y trouve et qu'il lui faille fouiller la poubelle pleine de poisseuses déjections contenant quelques milliards de spermatozoïdes définitivement veufs et classés sans suite génétique. Fort heureusement ses doigts rencontrèrent un emballage froissé qu'il examina avec soin. C'était un paquet apparemment vide de Gigante rouges. Il le roula dans sa paume et sentit un contenu dur de la taille d'un œuf de moinillon. Eddie empocha le tout, et sortit du box libidinal, puis du peep-show sordo en trois enjambées. Deux minutes après, enfermé dans les WC lavabos d'un bar, il dépiautait le paquet de clopes et découvrit le micro-récipient chromé, deux fantômes érogènes battant encore la campagne dans son subconscient singulièrement mis en appétit par les corps dévoilés dont il avait pu apprécier les courbes exemplaires.

Il dévissa le container et en sortit un rouleau de négatifs qui lui sembla plus fourni que le premier. Au niveau de la solution de continuité, il chercha le poinçon et réussit à lire, dans un cercle, « Bl », suite logique au « Al » de Nicolá. Toute cette histoire était régie par un ordre bien déterminé et organisé de longue main. Eddie ferma le cylindre et l'envoya rejoindre le premier dans son paquet de Winfield rigide. Quant au paquet, c'était encore un SG Gigante rouge souple. Les SG sont au Portugal ce que les Gauloises blondes sont à la France.

Edmond médita longuement sur ces rendez-vous où il jouait le rôle du Petit Poucet. Demain, au bureau de change, il lui faudrait absolument faire parler son interlocuteur. Car il ignorait totalement ce que « Bombe l'autre bande » pouvait signifier. Et il n'avait pas le coq-à-l'âne facile sur ce rébus aussi hermétique qu'un sous-marin nucléaire en grande plongée, par quatre mille mètres de fond.

16

Il était tôt dans l'après-midi. Edmond décida d'essayer de téléphoner à Carlotta pour ne pas trop laisser fraîchir l'occasion. Il trouva une cabine publique et composa le numéro griffonné sur son GdR. Sept coups sonnèrent avant qu'on ne décroche.

– Allô ? Queria falar com a menina Carlotta, por favor.

– Sou a irmã Ophelia. Carlotta está a trabalhar hoje.

– Não comprendo, sou francês. Chamo-me Edmond Benakem.

– Ah oui ! je vois qui vous êtes. Vous avez rencontré ma sœur au restaurant avec João, hier ou avant-hier soir. Elle m'a parlé de vous, vous êtes écrivain.

– Oui, mentit Edmond, j'écris un roman sur Lisbonne.

– Vaste sujet. En quoi puis-je vous être utile ?

– Vous parlez merveilleusement bien français.

– C'est gentil à vous.

– Posso oferecer-lhe uma bebida durante a tarde?
– Com todo o gosto. Vous parlez très mal portugais.
– Sou um grande tímido. Onde nos encontramos?
– Au Solar do Vinho do Porto. En haut du funicular da Gloria, aux limites du Bairro Alto, une grande porte genre grand hôtel. On y boit de bonnes choses.
– Quel âge avez-vous Ophelia?
– Dix-huit ans et deux mois, pourquoi?
– Et pourquoi vouloir me rencontrer?
– Vous êtes un jésuite, vous répondez aux questions par des questions! Parce que je me passionne pour la littérature française, voilà pourquoi.
– Et vous aimez les rébus, Ophelia?
– Oui, mais alors très compliqués. Rendez-vous dans une heure. D'où m'appelez-vous?
– Du largo do Chiado.
– Oh! alors vous êtes tout près du Solar. Remontez la rua da Misericórdia et montez toujours, ce sera sur le trottoir de gauche, une salle un peu en contrebas.

Et la shakespearienne jeune fille raccrocha, laissant Edmond tout rêveur sur la facilité qu'on avait à rencontrer des gens dans cette ville : les a priori négatifs n'y existaient pas comme à Paris. On adoptait l'hypothèse optimale en toutes circonstances litigieuses.

Le Solar do Vinho do Porto ressemblait à un club très british pour professeurs d'Oxford et de Cambridge désabusés. De grands abat-jour diffusaient un éclairage tamisé et les fauteuils étaient lourds, épais, profonds et moelleux.

Enfin une jeune fille apparut sur le pas de la porte. Sa silhouette frêle en contre-jour dessinait des formes à peine sorties de l'adolescence. Du fond de son fauteuil qui l'avalait presque entièrement, Edmond lui fit un petit signe de la main. Elle bondit comme un chevreuil et, en un clin d'œil, se trouva assise vis-à-vis de lui. Elle avait un petit museau félin et une chevelure dorée qui retombait toute roide jusque sur ses épaules fragiles. Elle esquissa un piquant sourire d'ondine, sucré comme un bonbon acidulé. Des fossettes marquaient les coins de ses lèvres et de son menton délicat.

Son regard, très mobile, semblait ne jamais pouvoir se poser tout à fait, et ses yeux noisette erraient avec une espèce de gourmandise latente.

– Salut, je suis la petite sœur, celle qu'on cache !

– Tu m'as l'air au contraire fort présentable, Ophelia.

– On dit ça, on dit ça. Mais quand on me connaît mieux...

– On s'enfuit en courant ?

– Non ! la vérité c'est que je suis un moulin à paroles !

– Où as-tu appris à parler français comme ça ?

– Avec les Français de Lisbonne, tiens ! Ils sont toute une communauté à mener la *dolce vita* en donnant un cours ou une conférence par-ci par-là. Ils sont ici et entendent le rester. Ils ont leur maison de campagne à Sintra, comme les bons bourgeois lisboètes.

– Et quelles études suis-tu ?

– Lettres modernes ! Mais des amis français m'enseignent la littérature française : là, il y a le choix ! Tu as publié beaucoup de livres, toi ?

– Heu... une demi-douzaine, romans et récits.

– Déjà tant que ça ! Mais tu as l'air tout jeune !

– Je suis précoce, c'est pour ça. Après, ça va vite.

– Et qu'est-ce qui t'amène chez nous, monsieur l'écrivain ?

– Un pari stupide avec un ami bibliophile.

– Mais raconte ! Je suis sur des charbons ardents !

– Voilà, il a des éditions originales de Balzac, de Théophile Gautier, de Gérard de Nerval, de Flaubert, de Daudet et de Maupassant. Nous avons parié qu'il les cacherait à Lisbonne (il est portugais d'origine) un peu partout dans la ville. En échange, il m'a donné une liste de rébus qui indiquent les lieux exacts où les précieux livres sont cachés. Si je les trouve, ils sont à moi.

– C'est une histoire de fous! Et si tu perds?

– Alors j'écris un roman sur Lisbonne que je lui dédie en lui versant les droits d'auteur...

– Pauvre malheureux! Tu les as sur toi ces « rébus » fabuleux?

– Sûr. Ils ne me quittent pas d'une semelle.

Et Edmond ouvrit son agenda aux pages concernées où se lisaient les phrases écrites au feutre rouge.

– Lis-les vite. Je suis tout excitée.

Eddie réprima un sourire à cette expression ambiguë. La petite Ophelia lui avait nettement tapé dans l'œil. Certes, ce n'était pas une grande blonde nordique solidement découplée. Mais son charme adolescent, sa vivacité, étaient tout de même très épicés. Ophelia suçait un doigt dans une attitude de recueillement suave.

– Je lis tout à la suite, n'est-ce pas? Un, « *Bombe l'autre bande* ». Deux, « *L'Étoile au front 28 dingue Caf* ». Trois, « *Chostakovitch, belle âme* ». Quatre, « *Jaune de l'Olympe occidentée* ». Cinq, « *Suivre procédure Y5P5B* ». Voilà, c'est tout, c'est déjà beaucoup, non?

Ophelia suça son doigt longuement.

– Je n'y comprends rien de rien. Quoique... « Belle âme » c'est certainement pour « Belém ». Et puis, et puis « 28 dingue ». Les *electrico*, je veux dire les tramways font « ding » à tout bout de champ. Et la ligne 28 est la plus célèbre de Lisbonne, la plus touristique du moins. Je ne voudrais pas trop m'avancer, mais dans l'un, il est question de Belém, et dans un autre de la ligne 28.

– Tu en es certaine, ma chère Ophelia?

– On n'est jamais sûr de rien dans cette ville.

Puis la conversation surfa sur un millier de choses, les poètes français, les peintres, les cinéastes, l'islam, le Finistère, les chats angoras et la Tanzanie, sujets avec lesquels Edmond n'était jamais en peine lorsqu'il s'agissait de poudre aux yeux ou un peu plus.

Ophelia se jeta bravement à l'eau.

– Tu as une petite amie à Paris ?

– Je vis comme un moine avec mon chat qui me tient compagnie au lit. Mais je ne suis pas zoophile.

– Mais tu n'aimes pas les bêtes ?

– Non, ça veut dire que je n'ai pas encore eu de rapports sexuels avec mon chat.

Ophelia éclata d'un rire doux, se leva subitement et vint agrafer ses lèvres sur celles d'Edmond. Elles étaient tièdes et tendres, légèrement entrouvertes pour à peine laisser passer la langue. Edmond, qui savait qu'ils étaient isolés dans le bar, l'attira contre lui au fond du fauteuil et elle bascula tout entière, légère et souple. Elle trouva une place sur les genoux d'Eddie, s'y pelotonna, glissant une main entre sa chemise et sa peau dans une caresse presque imperceptible. Le mystificateur était à la fois ravi et gêné de pouvoir être surpris par un tiers. Il se redressa délicatement.

– Ce n'est pas la bonne tactique, Ophelia.

Il se leva et elle aussi. Il paya d'une main les consos et, toujours lové contre Ophelia, entreprit de se rapprocher de la sortie.

– (Plaintive :) Qu'est-ce que tu fais ?

– Je t'emmène à mon hôtel.

– (Frémissante :) Qu'est-ce que tu vas faire ?

– Je vais te faire l'amour.

Elle se laissa conduire, l'embrassant dans le cou comme un petit oiseau.

17

Edmond dormait. Ophelia était réveillée. Elle avait des gracieusetés et des curiosités de petit chat. Elle se leva toute nue et glissa vers la veste dont elle fouilla les poches. Elle trouva la boîte noire émettrice réceptrice et tout d'abord s'effaroucha. Puis elle revint s'asseoir sur le lit avec la chose. Curiosité qui perdit Ève, elle tourna le bouton, un voyant rouge apparut, elle entendit des grésillements. Elle attendit. La boîte parla en français :

– Benakem? Qu'est-ce que vous foutez avec l'émetteur, nom de Dieu?

Ophelia eut très peur. Mais il lui sembla qu'il lui fallait impérativement répondre, comme à la voix du *deus ex machina*.

– Heu... Ce n'est pas Edmond, monsieur.

– Qui êtes-vous? Que s'est-il passé?

– Ça, je ne peux pas vous le dire. Edmond dort.

Il y eut un moment de silence. Borges-Coutinho devait faire travailler ses méninges. C'était pourtant clair.

– Je vois. Vous êtes une petite curieuse.

– C'est possible. Mais restez poli.

– Vous avez une très jolie voix. Vous êtes française?

– Du tout.

– Alors vous êtes portugaise ou quoi?

– J'habite cette ville depuis dix-huit ans, monsieur.

– Écoutez, tout ceci est absolument charmant, mademoiselle; mais vous allez me faire le plaisir d'éteindre ce bouton et de ranger cet objet, là où vous l'avez pris.

– O.K., O.K., on va obéir aux ordres. Adeus.

Et Ophelia fit basculer le bouton en position « off » tout en fronçant les sourcils de dépit. Qu'est-ce que c'était qu'un écrivain qui se promenait avec des boîtes noires parlantes dans ses poches ? Un policier ? Un espion ? Un prisonnier en liberté conditionnelle ? Elle examina scrupuleusement le visage apaisé d'Edmond dormant.

Elle se rhabilla en toute hâte et sur la pointe des pieds. Puis elle arracha une page de son petit calepin sur laquelle était imprimé un cœur dans un coin et elle écrivit fort lisiblement :

Edmond,
Tu me caches bien des choses. Je suis sûre que tu n'es pas ce que tu prétends être. Je m'en vais car j'ai peur. Si tu te décides à m'expliquer tout ça, téléphone-moi, et peut-être que j'accepterai de te revoir mais rien n'est moins sûr pour le moment. Je ne t'en veux pas. Muito obrigada. Até logo.
Ophelia

La petite posa délicatement la feuille sur la poitrine d'Eddie qui ondulait au rythme égal de sa respiration, puis s'éclipsa comme une apparition spectrale, tirant la porte sans tout à fait la fermer. Le soir tombait sur Lisbonne et la nuit fauve ouvrait ses pétales dorés.

Lorsqu'Edmond s'éveilla, l'obscurité était presque totale. Des lueurs et des bruits montaient assoupis de la rue et de la place voisines. Il appela, pensant qu'Ophelia était allée s'allonger sur le lit jumeau. Pas de réponse. Il se dressa brusquement sur un coude : il n'y avait personne dans la chambre et la salle de bains n'était pas allumée. Edmond sentit glisser un objet sur son ventre, léger comme une plume. Il découvrit la feuille griffonnée et alluma pour pouvoir lire. Il éprouva un goût amer dans la gorge.

– Je suis maudit. Elle a fouillé mes affaires et a dû trouver l'émetteur ou, pire, les microfilms.

Eddie se précipita sur sa veste. Les deux containers, toujours pleins, étaient dans le paquet de Winfield.

18

Le lendemain à treize heures pile, Eddie entra dans la banque. « Pessoa » se trouvait fidèle au poste, cigarette au bec, un gigantesque cendrier aux trois quarts plein devant lui. La ressemblance était décidément frappante. Edmond prit son tour derrière quatre personnes et calcula qu'environ à treize heures quinze il se trouverait face à son interlocuteur. Les opérations allèrent vite en effet. « Pessoa » demeurait stoïque. À treize heures dix-huit, ce fut au tour d'Eddie. Il marmonna :

– No cambio para mim senhor Pessoa.

Celui-ci demeura de marbre.

– No cambio certo ?

– No, nada.

– Como se chama a mulher ?

– Luisa-Apollonia.

– Perfeito, aqui está.

« Pessoa » posa un paquet fripé de SG Gigante rouges sur le comptoir comme si c'était ses propres cigarettes.

– Depressa, depressa.

Edmond enschlussa le paquet, puis reprit, toujours murmurant :

– Fala francês ?

– Un peu mais je suis pressé, rétorqua « Pessoa » sans accent en fronçant les sourcils.

– Je ne comprends pas les rébus.

– Ce n'est pas mon affaire, vous devriez partir, monsieur.

Et « Pessoa » fit signe à la personne suivante.

– Juste que veut dire *« Bombe l'autre bande »*, par pitié ?

– *Na outra banda*, « de l'autre côté du fleuve ». Filez maintenant ou je quitte mon poste.

– Vous avez peur ? ironisa volontairement Edmond pour aiguillonner son interlocuteur et l'amener à des révélations.

– C'est vous qui devriez prendre garde, jeune homme. En ce qui me concerne, mon rôle ne va pas plus loin. Pessoa seguinte, por favor !

– Merci quand même, chuchota Edmond avant de quitter la file et de s'orienter vers la sortie, moitié satisfait, moitié déçu, palpant le paquet de SG dans sa poche de pantalon moulant et y décelant l'habituel petit container d'acier. Il regarda une dernière fois « Pessoa » à la dérobée. Celui-ci se passait un mouchoir sur le front pour en éponger la sueur qui perlait finement.

Edmond se précipita à une terrasse de la rua de San Justa, commanda une pression et, trifouillant sous la table, ouvrit le paquet et en sortit le mini-container. Il remit à plus tard de vérifier le contenu, et le rangea avec les deux autres dans le paquet rigide. Ainsi « l'autre bande » signifiait « l'autre côté du fleuve ». C'était vague. Appliquant la théorie du plus immédiat qui semblait prévaloir pour ces rébus, Eddie songea au village de Cacilhas qu'on joignait par le bac fluvial de Terreiro do Paço. Quant au mot « bombe », peut-être s'agissait-il d'un taguage sur un mur bien en évidence. Il allait lui falloir soigneusement explorer le village. En faveur du graffiti était l'horaire à la minute près qui indiquait un lieu passant public. Mais jusqu'à présent, Edmond n'avait guère vu que de modestes embryons de tags sur les murs de Lisbonne, rien des grandes fresques pariétales de la banlieue parisienne, en tout cas.

C'est alors qu'Eddie songea à son coup de fil à Ophelia. Il entra dans le snack, demanda le téléphone et s'en fut composer le numéro. Ce fut Carlotta qui répondit, ce qui embarrassa Edmond. Elle, très gentille, ne devait, heureusement, pas tout savoir.

– Alors, vous avez fait connaissance avec ma petite sœur?

– Oui, nous avons sympathisé. Mais vous, comment allez-vous?

– Fort bien, je sais que vous téléphonez pour elle, elle est dans sa chambre...

Il y eut un silence, diverses voix lointaines, puis :

– Allô menteur, allô tricheur!

– Ophelia, c'est très compliqué à expliquer.

– Oh! C'est très simple au contraire : tu es un Français. Les Français sont tous des escrocs, des jolis parleurs.

– C'est ce que tu crois, toi?

– Bien obligée.

– Écoute, je suis dans une situation où je risque ma peau, et ce n'est pas moi qui l'ai choisie, cette situation. Je t'expliquerai tout, mais pas au téléphone. Je suis dans un quart d'heure chez Fidalgo.

– J'ai déjà déjeuné, merci.

– Je serai là-bas. À toi de me rejoindre si tu veux, Ophelia.

– Je viendrai pour le dessert. Tu as une confession complète à me faire.

– Ophelia, ce n'est pas une affaire pour enfants de chœur ou jeunes filles sortant du couvent des Oiseaux.

– Je ne sors, Dieu merci, d'aucun couvent des petits oiseaux. Depuis l'âge de quatorze ans, presque toutes les nuits, je m'amuse dans Lisbonne et ne rentre qu'à l'aube. Mes parents, des gauchistes primaires, me laissent très libres de mes mouvements. Je pourrais t'être un auxiliaire précieux. Je serai – comme disent les Anglais – ton « go-between », partout où il le faudra. À deux, nous gagnerons la partie.

Il n'y avait rien à répliquer à cette tirade débitée sur un ton si grave, et Edmond se contenta de rappeler le rendez-vous du Fidalgo.

– Tu n'as pas besoin de me préciser où c'est, j'ai dû y manger une trentaine de fois.

Au Fidalgo, Eddie commandait, avec le café, une *ginjinha* en pousse-café lorsque Ophelia se glissa dans le restaurant, par la porte à peine entrouverte. Elle portait une sorte de robe à la gitane aux couleurs pimpantes et à l'ourlet travaillé en falbalas. Deux petits lacets, tentants à défaire, se nouaient au haut des épaules. Un crucifix dormait à l'échancrure hardie de sa gorge de femme-enfant. Froufroutante, elle vint directement s'asseoir en face d'Edmond qui avala de travers sa liqueur de griotte, surpris par cette délicieuse apparition. Ophelia commanda un *cafezinho com aguardente velha*[1] et plongea ses yeux inquisiteurs dans ceux d'Eddie qui soutint l'acuité coléreuse du regard.

– Il faut maintenant, monsieur l'imposteur, me faire une confession détaillée. J'ai tout mon temps, moi.

Edmond raconta longuement et minutieusement toutes ses péripéties, depuis sa rencontre dans l'avion jusqu'à la scène du bureau de change, poussant çà et là un soupir de gros chien inquiet. Quand tout fut proprement déballé, il alluma une cigarette, posa ses mains à plat sur la nappe et interrogea du regard son interlocutrice. Enfin Ophelia reprit la parole, d'une voix mal assurée :

– C'est bien vrai tout ça?

– Sur ma vie!

– (Amère :) Tu aimes donc cette Luisa pour faire tout ça, alors que personne ne te demande rien?

– C'est un challenge que j'ai décidé de relever. Je veux me tester dans des conditions extrêmes. C'est une affaire entre moi et moi, un cas de conscience.

1. Café serré avec fine.

– Je t'aiderai, Edmond. Tant que je pourrai. Pour commencer, je vais recopier les rébus non résolus pour y réfléchir à mon aise. Es-tu armé ?

– J'ai un cutter dans ma poche.

– Tu aurais dû garder le pistolet noir.

– Ophelia, j'ai peur que tu ne te croies au cinéma ou dans un roman. Je ne sais pas tirer. Une arme à feu aurait simplement doublé les « chances » de me faire tuer.

– Tu as raison sur ce point, mais moi j'ai quelque chose pour toi. J'ai tout prévu en venant ici.

Elle fouilla dans son minuscule sac à main et en sortit une espèce de spray sur lequel un logo de parfum féminin était inscrit avec une esquisse de bouquet de fleurs.

– C'est un gaz lacrymogène, incapacitant très puissant. Un ami flic en civil m'en a fait cadeau. C'est fabriqué spécialement pour la police, donc c'est du 20 % et dur de dur. Voilà déjà pour toi. Puis elle sortit un bâton de rouge à lèvres quelconque qu'elle n'ouvrit pas. Au bout du bâtonnet que tu fais sortir en dévissant, il y a un enduit de curare. Tu touches une peau avec ça, tu traces juste une virgule, et, par les pores, le poison paralyse le corps dans les trois minutes. C'est un ami étudiant en toxicologie qui me l'a confectionné pour ma défense, car il tient à moi ce pauvre garçon, et il sait que je sors beaucoup la nuit.

– C'est la puissance de feu d'un petit porte-avion...

– J'ai aussi un mini-pistolet 8 mm à deux coups. Mais je le garde. Le reste est à toi, mon petit chou.

– Tu es une redoutable créature, Ophelia.

– Je suis simplement lucide. La plupart des hommes sont des vautours ou des chacals et je ne suis qu'une pauvre petite fille.

– Et qui suis-je pour toi ?

– Quelqu'un qui m'intéresse énormément et que je

vais tout faire pour aider à se sortir du mauvais pas où il est. J'ai par ailleurs deux bonnes nouvelles pour toi : je connais le Gringo's Café où ton tueur doit passer ce soir. Et pour la procédure Y5P5B, j'ai entendu parler, dans les bars de nuit du quartier où nous sommes, de frères jumeaux, originaires de Marseille, graphistes punks tous deux, qui se font appeler « Y5P5 ». Seul le « B » ne me dit rien du tout.

– Tu me fais avancer à pas de géant.

– Il n'est que plus que temps. À propos, ce soir, je viendrai avec toi au Gringo's. Non, ne refuse pas.

– Mais... Je crains que ce ne soit mouvementé et j'ignore comment tout ça tournera. Au pire, peut-être.

– Toi tu montes au filet, et moi je suis ton ramasseur de balles.

– Les balles, s'il y en a, seront petites, pointues et blindées.

– Le Gringo's Café est perdu loin sur les quais sur la route de Belém. Je connais tout cet environnement. Il est hostile. Ce n'est plus Lisbonne, c'est la zone.

– C'est pourtant le nouveau coin branché.

– Ne t'attends pas à trouver une sorte de Bairro Alto. C'est une suite sans fin de façades qui donnent à même la grande avenue à quatre voies, mal éclairée, et de l'autre côté, c'est le no man's land des entrepôts du bord du Tage. La configuration est pourrie. Mais les branchés aiment le côté hard et zonard. La mode passera d'un coin aussi mal famé. En attendant, là se trouvent des boîtes chics comme Kapital où n'entre que la jeunesse dorée qui arrive en taxi au milieu de nulle part.

– Comment irons-nous ?

– En taxi du Rossio, mais pas avant vingt-trois heures.

– Et pour le retour ?

– Ce sera probablement au milieu de la nuit. J'emprunterai le portable de ma sœur pour appeler un taxi. Rentrer à pieds est plutôt risqué.

– Ce n'est tout de même pas le Queens!

– Un de mes amis s'est fait poignarder à l'entrée de Cais do Sodré par un type plein de cocaïne qui hallucinait. Sinon, c'est assez paisible.

Derrière une Ophelia chatte et timide, Edmond découvrait une vieille routière du *nightclubbing* qui en connaissait les ficelles et les coulisses. Il essaya de revenir à des choses moins perturbantes :

– Et l'école dans tout ça, Ophelia?

– Je n'ai jamais eu besoin que de quatre ou cinq heures de sommeil par nuit. C'est comme ça que j'ai commencé à sortir la nuit à Lisbonne. Il y a tant de rencontres à faire, tant de lieux à découvrir. Tous les quinze jours s'ouvre un nouveau bar.

– Et tu... tu bois beaucoup?

– Jamais je n'ai été jusqu'à la grande ivresse. Et je ne touche pas non plus aux drogues dures. Je suis straight, cher Edmond.

– Tu m'en vois enchanté, chère Ophelia.

19

À l'heure dite, Ophelia se trouvait à l'intérieur du Brasileira encore plein de monde à cause de la douceur de la nuit. Edmond avait dîné dans le snack Lua de Mel, rua da Prata, dans la Baixa et auparavant, avait pris deux apéritifs à la terrasse du restaurant de l'embarcadère du bac fluvial pour Cacilhas et contemplé les lumières des chantiers navals dans le lointain. Mais quand il aperçut la frimousse d'Ophelia, ses idées sombres s'envolèrent. Il négocia une place à côté d'elle qui buvait un verre de lait muni d'une paille formant coude.

– Merci d'être venue. Alors le Gringo's Café, c'est pas trop isolé dans la zone ?

– Dans les bâtiments mitoyens, il y a d'autres bars. Le 112 est une Tasca très primitive. Le 110 est un bar privé genre techno un peu gay. Au 108, c'est O Frances, une espèce de bar guinguette avec un poster de la Tour Eiffel dans le fond, tiré d'une vieille photo. Il y a des girandoles, des fanions et deux statuettes en plâtre de monsieur Jack Daniel.

– Mais le Gringo's Café ?

– C'est un grand bar tex-mex avec des néons à l'américaine et des colonnades genre saloon. Sur un écran, dans le fond, sont projetées des photos couleurs sixties ou des clips. C'est le rendez-vous des nostalgiques de l'American Dream, sauce européenne.

– Tu sembles connaître tout ça par cœur.

– J'y ai pas mal traîné quand c'était nouveau. Pas loin tu as le Kapital, une boîte chicos, et Trifasica, un bar post-moderne. Au 90, il y a le nouveau resto Allem Tejo et à côté la boîte A Paulinha. À côté d'O Frances il y a aussi A Viderinha, bistrot de secours. Ceux qui rentrent au Gringo's sont ceux qui se font jeter de Metalurgica.

– Assez, assez ! Je n'arrive pas à suivre.

– D'ailleurs, ça ne s'anime vraiment que passé minuit.

– À ton avis, pourquoi ce tueur a choisi ce bar ?

– Parce qu'il y a plusieurs grandes salles, beaucoup de monde et de tous les genres. Sa dégaine passera inaperçue dans la cohue. Mais il n'y a cohue que vers deux heures.

– Je préfère arriver à l'ouverture, on ne sait jamais.

20

Le taxi roulait dans les rues désertes de Cais do Sodré. Il était passé sous un petit tunnel coupe-gorge où clignotaient les néons bousillés d'une enseigne de boîte borgne : Texas, qu'accompagnait une sorte de cactus lumineux en piteux état. Ophelia fit un petit signe de tête :

– Bar à putes assez redoutable.

– On dirait un décor de Trauner, murmura Edmond, attiré malgré lui par le côté expressionniste glauque du bar, dont l'enseigne lumineuse décroissait vite dans le large rétroviseur comme un point d'interrogation qui s'éloigne.

Tout semblait éteint et mort du côté des immeubles. Des volets de fer baissés et poussiéreux indiquaient des boutiques depuis longtemps désertées ou à vendre.

– C'est à Pétaouchnok ton truc.

Ophelia ne répondit pas. Sa fenêtre était entrouverte et elle penchait la tête pour se griser de l'air nocturne. Enfin, il y eut de premières apparences de vie. On passa devant divers bars allumés, dont certains s'apprêtaient à fermer et dont d'autres venaient d'ouvrir. Edmond entrevit l'intérieur vide d'un ou deux bars hi-tech. Il n'y avait personne sur les trottoirs. Quelque chose de tragique flottait dans l'air. Le taxi ralentit. On passa devant une façade livide illuminée avec un « K » noir en métal sur le mur à côté d'une lourde porte noire abritée par une marquise de tissu noir.

– Kapital, fit laconiquement la jeune fille.

À partir de là, les entrées de bars se multiplièrent, les unes accueillantes, les autres rébarbatives, selon qu'il s'agissait d'endroits plus ou moins select. Enfin le taxi s'arrêta devant une façade riche en néons, dont l'un indiquait « Open » en grosses lettres rouges. Il y avait des santiags de métal doré comme poussoirs à la porte d'entrée. À côté, une devanture en tôle ondulée gris-rose à la porte genre coffre-fort surmonté d'un insigne en fer forgé illisible, le tout bien repoussant. Il était un peu plus de vingt-trois heures.

– Le bunker à droite c'est Metalurgica. Le Gringo's, c'est à gauche, indiqua Ophelia.

Ils sortirent du taxi par la portière donnant sur le trottoir, tandis que des voitures à plein régime frôlaient le flanc gauche de l'auto et la faisaient doucement onduler comme un canot ou une gondole.

Ophelia échangea deux mots avec le type de l'entrée et tous deux pénétrèrent dans une très grande pièce avec mezzanine en étage où se trouvait juchée une Harley Davidson 1200 cm^3 aux chromes et couleurs rutilants. L'emblème du café était un crâne de taureau aux longues cornes de buffalo, entouré de plumes fétiches indiennes. La déco tout entière donnait résolument dans le tex-mex, avec une borne à essence fifties, un Wurlitzer tout illuminé, un bar au mur parsemé de petites pubs néonisées et au zinc bien fourni en gigantesques cendriers de verre. De hautes colonnes façon Louisiane soutenaient le tout, la musique country donnait assez fort et sur le mur du fond passaient des images aux vieilles couleurs Agfachrome à gros grains sans rapport avec la musique, ce qui décalait les sens oculaires et sonores. Les éclairages étaient parfaitement étudiés et le bar largement fourni en magnums d'alcools forts.

– C'est bien trop tôt. Les gens n'arriveront que dans une heure et ton type avec.

– En attendant buvons, fit Edmond.

– Juste une Tecate pour moi.

– Uma cerveja Tecate, um gin-fizz por favor, clama Edmond à la jolie serveuse au gilet de cuir noir et au faux air de Jane Fonda jeune.

Quand les consommations arrivèrent, le gin-fizz semblait fluorescent et la bière d'une blondeur anormale. Il y avait des olives noires à grignoter dans une tasse. Le temps passa en papotages d'Edmond qui accumulait les cocktails et la salle se remplit insensiblement. Vers minuit quarante-cinq, il y eut une série d'arrivées massives et l'endroit commença à être nettement plus plein. À une heure trente, c'était bondé et Edmond se sentait léger et volubile. La tabagie ondulait : une unanime odeur de blondes envahissait les narines. Puis, soudain, une senteur de bouc, furtive mais certaine. D'un signe, Edmond alerta Ophelia qui hocha la tête d'un air grave.

– Suis-moi, et il la prit d'autorité par la main.

Ils avancèrent lentement, comme deux somnambules parmi la foule qui jacassait statique et joviale. Edmond avait le sens olfactif aiguisé par l'alcool. Cette odeur qui allait s'intensifiant à mesure qu'ils dirigeaient leurs pas vers elle, lui rappelait sa planque très risquée de l'Executive Inn et Eddie frissonna à nouveau. Ils passèrent dans la salle voisine : la source était ici. Edmond dévisageait furtivement ses voisins l'un après l'autre.

Subitement, à trois mètres droit devant lui, il avisa deux hommes, la cinquantaine, aux cheveux brillants et ondulés, au teint olivâtre et aux costumes croisés sur des cravates à gros nœuds, un peu dénouées sur des cols entrouverts. L'un des deux parlait une cigarette collée à une commissure, le bâtonnet blanc tressautait à mesure des mots expectorés. L'autre tenait un paquet de Winston dans une main qu'il élevait et abaissait nerveusement.

Edmond fit signe à Ophelia de ne plus bouger, et il avança seul vers le duo qu'il contourna lentement, jetant de brefs coups d'œil à l'homme à la cigarette sans filtre. Il avait une profonde cicatrice au-dessus de l'aile droite du nez, long et jaunâtre, des yeux à fleur de tête d'un bleu très pâle et des lèvres minces comme un pli de la peau. Il portait une chevalière noire et or, incrustée d'un solitaire, au majeur de la main gauche, et un minuscule ruban vert à son revers de veste. Edmond se glissa dans un angle et attendit. Ophelia le scrutait mais n'osait bouger. L'homme, enfin, jeta sa cigarette puis, presque aussitôt, parlant toujours, sortit un paquet de sa poche. Eddie reconnut le format et les couleurs bleu et blanc des Ducados.

Edmond revint à Ophelia, lui saisit la main et s'éloigna avec elle sans perdre le diptyque de vue.

– L'un de ces deux types fume des Ducados, mais je n'ai pu entendre en quelle langue ils s'expriment.

– Laisse-moi faire, chuchota Ophelia. À moi de jouer.

Elle fit un détour pour les aborder par un autre angle, puis très vite, en portugais argotique, elle demanda une cigarette à l'homme aux Ducados qui la regarda ébahi. Un sourire de macho plissa ses lèvres tranchantes et il répondit en la dévorant du regard :

– Fala espanhol, encantadora pequena?

– Não, sou uma pequena Portuguêsa, senhor, desculpe, adeus, senhor.

Et Ophelia disparut dans la foule grâce à sa petite taille. Le tueur espagnol se retourna alors vers son comparse et lui demanda dans la langue de Cervantès :

– Elle ne me proposait pas au moins de me faire une pipe, la petite pute?

– Non, Pedro, elle te demandait une cigarette.

– Seulement? Mais c'est déjà une entrée en matière. En tout cas, je n'ai rien compris à son langage. Ce que c'est que la barrière des langues...

Et le duo dériva lentement dans la foule, causant toujours, tandis qu'Ophelia, ayant rejoint Edmond, se serrait contre lui en tremblant :

– C'est un Espagnol.

– Restons maintenant éloignés de deux mètres l'un de l'autre, au cas où il te localise à nouveau. Il faut désormais attendre qu'ils sortent. Je les suivrai alors, et toi tu me suivras à distance. S'ils marchent assez longtemps sur le trottoir, on pourra tenter quelque chose.

– Objection : ils ne peuvent s'en aller qu'à la fermeture. Ou l'un peut partir, le mauvais, et l'homme aux Ducados rester.

– Nous suivrons le premier qui partira. En toute hypothèse, ils doivent en savoir autant l'un que l'autre.

Les deux apprentis agents secrets n'eurent pas longtemps à attendre. Pedro-le-Balafré serra vigoureusement la pogne de son interlocuteur et, fendant la foule comme un chalutier, entreprit de se diriger vers la sortie après avoir déposé son verre vide. Edmond et Ophelia réagirent ensemble et échangèrent un clin d'œil complice d'une micro-seconde.

Edmond prit la remorque de Pedro, et Ophelia la remorque d'Edmond. Sur le seuil de l'entrée, le balafré s'arrêta un instant, se retourna, mais ne vit pas Ophelia qui se cacha derrière un groupe. Quant à Edmond, à quatre pas derrière lui, il n'avait aucune raison de le remarquer ne l'ayant jamais vu auparavant.

Pedro arriva sur le trottoir et commença à marcher lentement en direction de Lisbonne. Eddie, à cinq mètres, entreprit la filature, puis ce fut au tour de la jeune fille d'apparaître à l'air libre. Le balafré passa devant les bars voisins dont certains – et même la plupart – avaient fermé vu l'heure tardive. Puis le tueur entra dans une zone obscure. Edmond suivait toujours, Ophelia fermait la marche. On était déjà à deux cents mètres du Gringo's Café. Subitement Pedro jeta un regard derrière lui. Qu'Edmond fut dans son dos n'eut aucune raison de l'alarmer, mais il vit, plus loin, la fine silhouette d'Ophelia, qui se tenait immobile, tandis qu'Eddie, avançant toujours, s'approchait. Le balafré fit un joyeux signe de main à la jeune fille qu'il reconnut, se croyant en veine de bonne fortune, négligeant Edmond qui n'était plus qu'à un bond de lui. Pedro était parfaitement dans la zone d'ombre et n'avait d'yeux que pour la fille. Eddie sortit sa bombe et pulvérisa à bout portant le visage de l'homme qui, aveuglé, détendit ses bras comme un ressort, nouant ses mains crispées autour du cou de son agresseur. Ophelia arrivait à toute allure. Elle attaqua le visage du tueur toutes griffes dehors tout en criant à son complice :

– Le bâton de rouge ! Tire un trait sur sa peau !

En un clin d'œil, Eddie rempocha sa bombe, saisit le bâton, l'ouvrit, le dévissa et gribouilla sur le cou du balafré qui devint comme sanglant d'un égorgement. Ophelia visait les yeux avec ses ongles, Edmond donna un cou de genou dans l'entrejambe de Pedro, assez violent pour le faire lâcher prise. Le tueur se recroquevilla sur ses parties intimes écrabouillées, tandis que l'ancien banlieusard se réveillait chez le Tuniso-Breton qui abattit ses deux mains unies en une masse sur la nuque qui s'offrait à lui, assommant tout de bon l'Espagnol qui s'écroula comme un sac de son sur le pavé.

– Le curare va agir très vite, souffla Ophelia.

Eddie retourna le corps inerte sur le dos.

– Surtout ne touche pas aux marques de rouge !

Il fouilla fissa les poches extérieures et intérieures. Il sortit un épais portefeuille du côté cœur et, de l'autre, ce qui semblait être un agenda-carnet d'adresses. Enfin, en palpant la ceinture, il découvrit un revolver à la hauteur d'un rein. Il l'examina prestement. C'était une arme à barillet à canon très court et à petite crosse. Il mit ce joujou chromé dans sa poche. À peine relevé, Ophelia le prit par la main et l'entraîna vivement au loin. Sans bruit, sans cri, tout s'était déroulé dans l'obscurité et le coin demeurait désert.

– Viens vite. N'importe comment il faut s'éloigner le plus rapidement possible. Il va peut-être mourir avec tout ce curare, balbutia-t-elle.

En même temps, elle sortit son portable et composa à toute vitesse un numéro. Haletante, elle commanda un taxi pour la sortie de Kapital.

– Un chauffeur arrive dans cinq minutes, expliqua-t-elle, et la boîte est juste là-bas où tu vois les vives lumières. Essayons maintenant de faire bonne composition.

Ophelia était échevelée. Eddie lui arrangea doucement la coiffure et ils arrivèrent à pas mesurés sous la marquise noire de la boîte dite Kapital.

– Le corps est à peine plus haut dans l'ombre. Il faut que personne ne le trouve avant que le taxi n'arrive, geignit la jeune fille, agrippée à Edmond comme à une bouée, Edmond qui demeurait flegmatique, comme épuisé après un ignoble combat, dégoûté de ce qui venait de se passer.

Une Mercedes à casaque noire et verte arriva à toute allure devant la marquise. Eddie et Ophelia s'engouffrèrent dans le taxi à l'exact moment où une voix venue de la zone d'ombre appelait à l'aide.

21

Dans la chambre 407 de l'hôtel Lisboa Tejo, Ophelia était sur un des lits jumeaux, assise nue les jambes en tailleur, la colonne vertébrale bien droite, les yeux clos, fumant un joint de sa réserve personnelle auquel Eddie avait refusé de toucher. Il était un peu plus de quatre heures du matin, les stores se trouvaient baissés et

Edmond, allongé en caleçon sur l'autre lit, étudiait l'agenda-carnet d'adresses de Pedro Gonzales-Rapal. Il y avait bien des choses à apprendre.

Tout d'abord, Pedro Gonzales était un faux nom, mais ça n'avait guère d'importance. Il y avait des numérotations téléphoniques en France dans le Sud-Ouest, en Espagne au Pays basque, à Madrid et à Barcelone. Enfin quelques contacts à Lisbonne, Porto, Coimbra et Sétubal, lesquels à la différence des autres étaient soulignés de vert. Pour finir, au feutre rouge, sur une page de garde, trois numéros de téléphone et pour chacun des trois, en face, inscrit « Alpha », « Delta » et « Gamma ». Comme les indicatifs internationaux n'étaient pas indiqués, Edmond ignorait dans quel pays aboutissait les numéros, mais il optait pour la France, l'Espagne et le Portugal. Ce devaient être les pontes « traitants » correspondant à ces trois pays.

– Qu'est-ce que tu penses de cette idée, Ophé ?

– Mmmh ? Je suis bien *stoned*, mon petit chou.

– Et les rendez-vous sur l'agenda ? Faut-il y aller ? Ou seulement à celui appelé « Vent d'Est » au lendemain de la fin de mes rébus ?

– Mmmh. Tu as l'embarras du choix pour retrouver ta chérie maintenant.

– Et que vient foutre un « B*-C* casa » et un téléphone sur Lisbonne. Donc le numéro « à la maison » d'une double initiale comme celles du flic qui s'occupe de traiter l'affaire de l'enlèvement ici. Mêmes initiales que le supposé « traitant » pour la « Procédure d'urgence » de récupération des microfilms. Beaucoup de coïncidences, non ? ma petite musaraigne adorée.

– Tu n'as qu'à appeler ton flic là, ce Borges-Coutinho, lui dire que tu as estourbi un mafioso espagnol mouillé dans l'enlèvement de la fille des Services Spéciaux, et trouvé sur lui un carnet d'adresses avec les initiales B* C* et un numéro de téléphone personnel. Carrément.

– Carrément ! Ce serait suicidaire. Non, j'attendrai demain soir et tu téléphoneras en maquillant ta voix pour voir sur qui tu tomberas. D'autre part, le rendez-vous de cette nuit au Gringo's Café était consigné dans l'agenda. L'interlocuteur que nous avons vu s'appelle José-Luis Suñer. Son téléphone se trouve à la lettre « S » du carnet avec entre parenthèses Bilbao. Il y a un second numéro avec l'indicatif du Portugal et le « L » de Lisbonne. C'est son contact ici même. Tu l'appelleras lui aussi sous prétexte d'une erreur de numérotation. Enfin il y a des adresses de bars dans le Bairro Alto, dont l'un est intitulé « bordel », c'est sans commentaires. Le portugais et le français se rejoignent pour nommer ce genre de lieux clos. Et comment dit-on « putain » dans la langue de Camões ?

– Prostituta. On dit « prostituée » pour « putain », ici. D'ailleurs, il y en a assez peu dans le centre historique. Elles travaillent dans les quartiers excentrés où sont aussi les junkies.

22

La journée de jeudi s'ouvrit pour Edmond dans la solitude. Sur le lit jumeau où Ophelia avait dû dormir un peu, était déposée une feuille au coin en cœur sur laquelle était griffonné dans une écriture arrondie de gamine :

9h30. Je m'en vais. J'ai fait des cauchemars. Ensuite je t'ai regardé dormir. Et puis j'ai pris une bonne douche et je me suis lavé les cheveux. Passionnant, non, mon Edmond ? Je te laisse aller seul à ton rendez-vous « na autra banda ». Je te retrouverai à 18h00 au bar aux chaises vertes en terrasse juste à côté de la Casa dos Bicos, la maison à la façade en « pointes de diamant ». Nous dînerons dans un restaurant chic au nom français. Avant, je te traînerai un peu dans l'Alfama. Et après, nous « ferons » le Bairro Alto de nuit. J'essaierai de mettre la main sur un des deux Y5P5. Nous passerons aussi les coups de fil prévus. Si tu portes le revolver de poche sur toi (je crois que c'est un Smith & Wesson calibre .38 Spécial Police à six coups, j'ai d'ailleurs vu qu'il manquait deux cartouches au barillet), habille-toi très correctement et n'oublie pas la bombe lacrymogène.

P.S. – J'ai eu le temps de fouiller toutes tes affaires. Je n'ai rien trouvé pour me mettre en colère contre toi cette fois-ci. Alors je t'embrasse très lovely.

*O**

À propos des deux Y5P5, Edmond se souvenait qu'il s'agissait de jumeaux marseillais installés à Lisbonne, et branchés l'un dans la sculpture dadaïste, l'autre dans la figuration libre, *dixit* Ophelia. Or c'était à un Y5P5B qu'il fallait s'adresser en fin de procédure ; le gus était donc un élément majeur de cette histoire, et en savait peut-être long. Au lendemain de l'ultime rébus *« Jaune de l'Olympe occidentée »* se trouvait aussi, sur l'agenda du tueur, le mystérieux rendez-vous « vent d'Est » qui faisait écho à la mise en garde de la procédure où on lisait tout à la fin *« Attention. Vent d'Est en rafales »*. Le vent d'Est voulait certainement dire « ce qui arrive d'Espagne » et « rafales » s'appliquait probablement à des décharges de pistolets-mitrailleurs, pour indiquer qu'en face, on était armé jusqu'aux dents et prêt à perpétrer un carnage s'il le fallait absolument. Arrivé à ce stade, Edmond devrait sans hésiter avoir recours à la police. Mais ce Borges-Coutinho, dont on retrouvait les initiales aussi bien dans la procédure que sur le carnet du mafioso espagnol, n'était-il pas un flic ripou travaillant en voiture-balai avec les tueurs de la mafia basque? Et à la fois chargé par les Services Spéciaux de récupérer en urgence le double des pièces à conviction, et par la Pieuvre de liquider les pièces à conviction, ainsi escamotées pour toujours, donnant alors le feu vert à l'élimination physique de Luisa? Edmond avait eu une bonne intuition en ne révélant rien à la police des rébus-rendez-vous. La perquisition sauvage dans sa chambre d'hôtel l'avait inconsciemment mis en garde contre cet inspecteur trop zélé puis trop gentil. Quant à l'émetteur-récepteur, il se garderait bien de jamais l'utiliser.

Eddie sortit de l'hôtel dans l'intention de boire un bon café avec de douces pâtisseries. Il marcha jusqu'à la rua Aurea, limitrophe de la Baixa et, un peu avant l'Elevador de Santa Justa, il entra dans la Casa Chinese, une vieille échoppe de torréfaction des meilleurs cafés et mokas du monde entier et, à un petit comptoir, but un double espresso remarquable de robustesse.

Au guichet qui vendait des billets TransTejo, il fut agéablement surpris du bas prix de la traversée. Puis il passa un tourniquet composteur et descendit sur le ponton le long duquel s'allongeait le bac. Par la petite passerelle en métal antidérapant, il pénétra sur la coursive, puis entra à bord du bateau. La cabine, vaste comme une grande salle d'attente, aux bancs de bois, comportait un premier étage où Edmond grimpa. Tout aussi spacieuse, la salle du haut ne comptait pas trente passagers, affichant tous un air blasé. L'attente ne fut guère longue. Il y eut une sonnerie dans les couloirs de l'embarcadère, suivie une minute après de trois coups de corne de brume et les moteurs du bateau ronflèrent. Le quai s'éloigna, lentement d'abord, et il se fit une belle vue du Terreiro, évoquant une place Saint-Marc lisboète. Le bac prit son cap, tournant le dos à la terre. Edmond ne vit plus que le Tage majestueux qui se déroulait vers l'océan et le pont du 25 Avril, comme un long spaghetti sur échasses qui enjambait l'estuaire triomphalement.

Enfin, le petit phare du port de Cacilhas fut proche, le moteur ralentit son rythme cardiaque et le bac fit la manœuvre d'accostage. Un instant, Edmond vit au loin, au ras de l'eau, tout Lisbonne et son moutonnement blanc de collines, d'où émergeait un dôme, le cube de la Sè, la minuscule muraille du château São Jorge et la façade de l'abbaye de São Vicente, composant une curieuse silhouette oblongue de ville-mirage, à peine émergée des eaux, comme une indolente cité orientalisante. C'était la Ville Blanche vue de l'autre bord, de « l'autre bande », telle que les caravelles arrivant de Macao ou du Cathay devaient l'apercevoir – enfin – en ce XVIe siècle mirobolant et doré.

En sortant du bac, Eddie arriva sur une esplanade goudronnée où les autocars devaient, matin et soir, amener puis ramener les passagers pour Lisbonne de leurs lointaines banlieues. Il avait fallu dix minutes pour la traversée du fleuve. Aller à Cacilhas était simple comme changer de quartier, passer *na outra banda* était une sinécure. Edmond s'avança en direction des premières maisons du village, lesquelles étaient composées de restaurants de fruits de mer avec vue sur le Tage et, là-bas, Lisbonne disséminée comme un trait blanc ondulant à l'horizontale.

Passés ces rades pour touristes dont l'un se nommait A Tricanita, Eddie s'engagea dans la rue principale du village, qui grimpait légèrement dans une ambiance rurale et paisible.

La ruelle allait s'élargissant en une sorte de place d'où partaient deux rues. Juste avant la fourche, Edmond vit, peint sur un mur à main gauche, un grand « A » noir dans un cercle noir, symbole universel de l'anarchie.

Au-dessus était inscrit « Centro de Cultura Libertaria ». Une MJC libertaire, l'affichant clairement, ce n'était pas commun ça. Edmond fut pris par des associations de pensées : dans l'imagerie d'Épinal, les anarchistes posent des bombes et en fabriquent. Ce pouvait être le sens de *« bombe l'autre bande »* mais, juste en face du reporter, au centre de la bifurcation, se trouvait une grande porte en métal de garage à camions au-dessus de laquelle était inscrit en rouge « Bombeiros ». C'était la caserne des pompiers. Fallait-il retenir le club libertaire ou la caserne, à vingt mètres l'un de l'autre, sur la même place ? À tous deux pouvait s'associer le mot « bombe ». Le rendez-vous était fixé à trois heures cinquante-sept PM et il n'était qu'un peu plus de treize heures. Plus haut, on s'acheminait vers la fin du village. À droite, se trouvait un modeste marchand de journaux-bureau de tabac. À l'intérieur, ça sentait l'encre, le papier et les cigarettes, comme chez les buralistes d'antan. Derrière une forêt de manchettes de journaux bigarrées, un vieil homme un peu replet se tenait debout à un comptoir, les doigts rugueux et noircis d'encre. Eddie songea à son pote le kiosquier qui aurait reconnu là un de ses pairs. Il acheta deux paquets de Pall Mall et un petit porte-clés en forme de Derringer deux coups – réplique miniature du flingue d'Ophelia – et dont on pouvait dérouler une microscopique lame de couteau. Le marchand le plaisanta en portugais sur les dangers d'une telle arme. Edmond sourit, sentant le Smith & Wesson glissé dans sa ceinture lui coller les reins.

Paisiblement, le promeneur redescendit la rua Cãndido dos Reis jusqu'à un petit restaurant sur la droite, baptisé A Toca. Il s'y assit près de la fenêtre, ayant vue sur la rue jusqu'aux bombeiros. Au menu des *migas c/entrecosto*, *açorda alentejana* et *grelhados no carvão*, soit un plat de côtes, une soupe à l'ail et à l'huile d'olive ou des grillades. Il commanda un *peixe espada*, comme il lui avait été recommandé, ainsi qu'un bon pichet de *vinho branco da casa*. On lui apporta de l'espadon dodu, aux chairs épaisses et pulpeuses, avec quatre grosses patates bouillies et une botte de brocolis. Dans un état semi-bacchique, Eddie ressortit son agenda et étudia le rébus du lendemain : *« L'Étoile au front 28 Dingue caf 0.40 PM »*. Il y avait donc, quelque part sur le passage de la ligne 28 de tramway, une étoile au front de quelque chose.

On arrivait aux alentours de quinze heures trente. Edmond alluma une Pall Mall, paya un prix très raisonnable, et se leva lourdement, l'estomac lesté et les neurones swingants. Il redescendit vers l'église qu'il visita pour tuer le temps et remonta tout aussitôt vers le point de rencontre, sur la place entre les pompiers et le club libertaire. À sa montre, il était quinze heures cinquante-quatre. Il se planta devant le hangar et fit mine d'examiner l'inscription « Bombeiros ». À quinze heures cinquante-cinq, un type à lunettes noires et à canne blanche déboula sur la placette. Eddie siffla comme pour appeler un chien. L'aveugle moulinant devant lui avec sa canne vint percuter le jeune homme de plein fouet, brailla un *« desculpe ! »* éraillé par l'alcool et poursuivit sa trajectoire comme s'il fuyait un importun. Il tourna à grands pas dans la rue pentue et disparut à tous les regards. Edmond consulta à nouveau sa montre, il était seize heures une. Le « contact » avait eu lieu et c'était le crash avec le pseudo-aveugle. Eddie palpa ses poches. Il y trouva un paquet fripé de SG Gigante rouges qu'il fit rouler entre ses doigts jusqu'à sentir le petit corps dur et cylindrique du mini-container. Un instant, il pensa aller à la poursuite de l'alcoolique aveugle. Il s'engagea dans la rue où il s'était éclipsé. On voyait la rue monter au loin, vide de toute silhouette humaine. Encore une fois, le mystère se refermait sur lui-même comme la dalle pesante d'un impénétrable caveau au fond duquel se trouvait Luisa, seule, entourée d'ennemis redoutables.

Edmond descendit vers le port. Un bac était à quai, des gens montaient, il en fit autant et s'installa au premier étage du ferry. Cette fois, il était seul dans la vaste cabine.

En plein milieu de la traversée, deux types glauques, en jeans délavés et treillis, s'insinuèrent à l'étage. Ils semblaient mineurs, leurs yeux rouges avaient une mobilité déconcertante et malsaine. Ils explorèrent du regard l'étage pour s'assurer qu'il n'y avait personne, puis bondirent vers Edmond comme des Cheyennes, exhibant chacun un cran d'arrêt dont la lame claqua lugubrement en s'ouvrant. Eddie dégaina son revolver et braqua. Les deux jeunes furent comme paralysés par ce geste. Ils refluèrent en douceur, à reculons, jambes fléchies, repliant ostensiblement leurs lames. Eddie continuait de braquer, impassible. Les affreux disparurent du pont supérieur. Eddie renfourna le .38 dans une poche, gardant la main sur la crosse. Tout s'était passé dans un silence surréaliste, comme en rêve.

Le bac arrivé à quai, Eddie resta à l'étage, observant les gens qui descendaient par la petite passerelle. Il vit passer les deux gouapes qui parlaient avec les mains. Ce ne fut qu'après qu'Edmond sortit à son tour, marchant lentement dans les couloirs de l'embarcadère, l'œil à l'affût. Il aperçut encore les treillis au loin qui traversaient l'avenue et disparaissaient sous les arcades du Terreiro, toujours animés d'un bon pas. Ce pouvait n'être qu'un braquage ordinaire. Mais Eddie n'était pas dans une situation ordinaire et il voyait partout l'ombre de la mafia.

Il se dirigea vers le bar-rendez-vous établi par Ophelia.

Il aperçut vite la façade « en pointes de diamant » curieusement futuriste pour une œuvre du XVIIe siècle. La terrasse aux chaises vertes s'étalait juste à côté, sous un soleil sans nuages établi depuis midi après l'habituelle brume matinale, le voile blanc lisboète. Edmond croyait voir partout des hommes en treillis rôdant sur le quai quand Ophelia arriva, gracieuse et joyeuse, lui baisa la tempe et s'assit en face de lui tout en mettant des lunettes de soleil.

– Alors, ce rendez-vous secret ?

– Une collision avec un aveugle devant un garage de sapeurs-pompiers.

– Ah ! Bombeiros, la bombe.

– Le microfilm était dans un paquet de SG que l'aveugle m'a glissé dans la poche. Mais la vraie « bombe » ce fut dans le ferry au retour.

– Des problèmes ?

– J'étais tout seul en haut. Deux petits braqueurs avec crans d'arrêt. J'ai sorti mon revolver.

– Et ils ont filé ?

– Comme des cloportes.

– Je ne me « braquerais » pas trop à ta place. Si c'étaient de vrais sbires, ils auraient eu des armes à feu et t'auraient liquidé avec des silencieux, net et sans bavure.

– Merci, ça fait toujours plaisir.

– C'est toi qui prends des risques après tout en te posant dans des endroits isolés. Et qu'est-ce que je deviendrais, moi, s'il t'arrivait malheur ?

– Parlons d'autre chose. Tu sais que tu as des coups de fil à passer.

– Oui. Suñer et B*-C*.

– Alors, allons au téléphone du bar.

Ils se levèrent, entrèrent dans le resto, on leur indiqua le téléphone tout au fond, à l'écart d'oreilles indiscrètes.

– Fais d'abord Suñer, demande à lui parler et s'il parle portugais ou français. Si c'est portugais, tu lui diras ce que je te soufflerai. Si c'est français, passe-le moi.

Ophelia s'exécuta. Une voix de femme répondit en portugais. Ophelia demanda Suñer. On répondit qu'il arrivait. Il s'annonça en portugais.

– Vous parlez portugais, monsieur Suñer?

– No.

– Français peut-être.

– Ça oui, une petite peu.

– Je vous passe quelqu'un.

Edmond prit le combiné.

– Allô, Suñer. C'est moi qui ai braqué Pedro l'autre soir.

– Qui? Qui être vous? Comment vous avoir téléphone moi?

– Je suis des Services Spéciaux français, Suñer, et nos affaires se précisent. Nous avons récupéré les doubles des microfilms.

– Harrj, hijo de puta! Maricón!

– Le procès aura donc lieu, sans ou avec Luisa Carneiro. Vous avez donc tout intérêt à nous la rendre vivante et en bon état. L'est-elle au moins?

– Elle vit. Nous n'être pas sûrs qu'il reste traces pour la tuer. Nous savoir elle précieuse vivante.

– Le procès aura lieu bientôt. S'il y a en plus inculpation pour assassinat d'un agent des services secrets français, la note sera beaucoup plus lourde et votre « parrain » plongera à perpétuité. Vous ne souhaitez pas ça?

– Non, bien évident non!

– Alors il faut nous rendre Luisa Carneiro.

– Ça pouvoir être intoxication. Vous pouvoir mentir et n'avoir pas microfilms du tout, hé...

– Je vous rappellerai dans quelques jours, Suñer,

j'aurai des preuves plus convaincantes. En attendant ne touchez pas un cheveu de Luisa !

– Elle vivra, elle vivra ! Votre nom de code pour autre appel ?

– *Peixe espada.*

Et Edmond raccrocha, se félicitant d'avoir su réagir à la hauteur tout du long. Puis il s'adressa à Ophelia :

– Maintenant appelle ce « B*-C* », maquille ta voix en pinçant ton nez, demande à parler à « Borges » tout court.

– Et ensuite ?

– Insiste avec ton Borges, demande alors qui est-ce, mais n'insiste pas trop ensuite.

Ophelia fit comme prescrit. Une voix de femme répondit en portugais.

– Allô, madame Borges ?

– Heu oui, non...

– Madame Borges ? Borges tout court ?

– Bien sûr que oui. Qui êtes-vous ?

– Ici la société Irmão.

– La société Irmão ?

– Oui, c'est pour le devis demandé par votre mari.

– Mon mari travaille. J'ignore ce dont il s'agit. Ici vous êtes chez les Borges-Coutinho, nuance.

– C'est cela. Votre mari est fonctionnaire de police, comme il nous l'a précisé.

– C'est exact, mais un devis pour quoi ?

– Plomberie-zinguerie. Vous voulez refaire votre salle de bains, comme l'a dit votre mari à nos services.

– Canular !

– Rien de plus sérieux.

– Elle vient d'être refaite il y a deux mois. Adeus !

La voix piquée au vif de la femme raccrocha brusquement. Ophelia ricana. Edmond eut toutes les informations souhaitables lorsqu'elle lui transcrivit le contenu de la conversation.

– L'inspecteur Borges-Coutinho mouillé jusqu'au cou, médita Eddie. Et ses collègues peut-être aussi. Reste à voir avec le commissaire principal. Ophelia, téléphone à la Police des étrangers et demande le grand patron pour affaire urgente.

– Ça m'étonnerait qu'on me le passe.

– Je cherche simplement un nom.

Ophelia fouilla dans l'annuaire et appela. Elle tomba sur un inspecteur de police saumâtre :

– Si vous croyez que le commissaire Filipe Almadeira répond en personne à tous les frappés qui appellent ! Dites-moi plutôt à moi ce qui vous amène...

Ophelia raccrocha sans en ajouter plus.

– Tu as son nom : Filipe Almadeira.

– Reste à espérer qu'il soit propre, celui-là. Et maintenant quittons vite le coin, on ne sait jamais.

– Viens avec moi, et perdons-nous dans l'Alfama, je te ferai les honneurs du labyrinthe.

Tandis qu'Ophelia entraînait Edmond vers le largo de Chafariz do Dentro, celui-ci méditait sombrement. S'il ne s'était pas trouvé dans le même taxi que Luisa, s'il n'avait pas récupéré ses bagages, s'il n'avait pas nié posséder la « Procédure d'urgence », Borges-Coutinho se serait présenté à sa place aux rébus-rendez-vous, aurait ratissé tous les doubles de microfilms et, une fois sa moisson faite et remise aux mafieux, ceux-ci auraient exécuté Luisa, étouffant pour toujours le gros procès qui se serait dégonflé en non-lieu. Lui, Edmond, avait été le grain de sable grippant les rouages, endommageant le coup monté, et se trouvant en bonne voie pour l'anéantir. Ses seules bouées à présent étaient d'une part le rôle à jouer de « Y5P5 » dans cette affaire, et d'autre part le loyalisme d'Almadeira. Sans ces atouts, tout s'écroulerait définitivement, et lui avec.

23

Ils prirent une minuscule ruelle qui montait sur la droite, le beco de Espirito Santo qui les mena à une petite place. C'était l'Alfama au cœur, un dédale où les façades gercées se touchaient presque d'un bord à l'autre du chemin, où pendait du linge, comme des étendards multicolores ou de grands fanions immaculés. Des chiens pelés dormaient dans des coins d'ombre, sur des pas de porte, des matrones observaient les rares passants, tous d'un certain âge, vêtus comme des paysans, bousculés parfois par des groupes d'enfants tourmentant un ballon. La marchandise d'une petite épicerie débordait en cageots pleins sur le seuil. Edmond se croyait dans une casbah d'Européens, ou dans un bourg de corsaires à la retraite. À gauche de la place, commençait la rua de São Miguel qui, avec la rua de São Pedro, constituaient les « rues principales » de l'Alfama. Mais Ophelia entraîna Eddie vers le haut de la placette. Une taverne très fruste se trouvait à droite. Sur le pas était gravé « Oliveira. J.M. ». À l'intérieur, des gens à béret, âgés et trapus, jouaient aux cartes à une table une partie passionnante au point qu'ils oubliaient de rallumer leur mégot de tabac roulé. Au bar, patiné par l'usage, deux sortes de paysans discutaient devant un verre de rouge. C'était un bistrot comme on en trouve dans les campagnes profondes des Deux-Sèvres ou de l'Ariège, avec en plus cette aura indescriptible de choses vues en rêve. Les deux jeunes gens entrèrent dans le rade. Impassible et bon enfant, le patron vint prendre les commandes comme s'il s'agissait de vieilles connaissances qu'on accueille sans s'étonner.

– D'ici, on fait courir un bruit dans tout Lisbonne, signala Ophelia, c'est que l'Alfama est un vrai coupe-gorge où un étranger n'a pas intérêt à mettre les pieds.

Bien sûr, c'est complètement faux. Mais c'est un écosystème de défense qui marche sur les touristes. Sinon l'Alfama en serait pourrie. Or il faut savoir que ce quartier peut « avaler » au maximum deux cents touristes. Au-delà, il perd son âme. Ce n'est pas Disneyland, ici, c'est un miracle fragile qu'il faut mériter et méditer. Les habitants ne sortent pas du quartier dont ils connaissent les moindres ruelles et tous les potins. C'est une structure médiévale au début du troisième millénaire. La complexité des impasses, des volées de marches, des ruelles, rejoint les circonvolutions du cerveau. À chaque fois que je viens ici, je me sens bien dans ma tête. Je pense que le côté labyrinthe stimule le psychisme. Je le crois vraiment.

– C'est curieux, maintenant que je suis posé là, je ne crains plus rien, je n'ai plus envie d'être ailleurs. C'est comme si j'avais trouvé mon centre intérieur.

– Ce sont les prestiges de l'Alfama. Viens, marchons au hasard.

Ils sortirent et virent un peu plus haut un beco particulièrement charmant, sorte de cour avec de délicieuses vieilles maisons à l'architecture fantaisiste et où poussait un petit oranger qui semblait être l'esprit bienveillant des lieux.

– Beco do Alfurja, lut Edmond sur une plaque. On a envie de venir habiter là, cachés et heureux comme sont les amoureux qui n'ont pas d'histoire.

– Oui, cette bicoque me plaît. Elle respire le bonheur.

Ils gravirent des *escadinhas* à basses marches, tournèrent à gauche au hasard de leurs désirs, s'égarèrent dans un coin plein de ruelles où certains entourages de portes étaient peints d'une couleur vive, où çà et là, à une fenêtre se trouvait une cage à oiseau, et arrivèrent sur le largo de São Miguel, où était l'église du même nom, accolée à un grand palmier et sur les marches de laquelle jouaient des bambins alfamètes. C'était la « grand-place » de l'Alfama, semblable à celle d'un village d'Andalousie ou d'Italie du Sud. Aux fenêtres, des gens prenaient l'air du soir en souriant doucement, simplement béats et réjouis d'être là. Edmond hésita à prendre des photos. Au fond, toute cette alchimie pouvait difficilement se reproduire sur papier : c'était un « trip » qu'il fallait vivre et goûter de tout son cœur.

Ils descendirent trois marches pour entrer dans un troquet réduit à sa plus simple expression. Le sol était jonché de sciure, dans le fond, des tonneaux et sept ou huit longues tables couvertes de vieilles toiles cirées. Il n'y avait personne que le patron et la patronne. Ici, on glissait carrément dans une faille spatio-temporelle. L'odeur de bouchon moisi régnait en maîtresse, avec un fond de Javel. Edmond commanda un blanc. On le lui versa à ras bord dans un Duralex. C'était du râpeux, du qui troue. Ça coûtait un peu moins de deux francs. Le soir venait dans la ruelle médiévale.

– Je veux dîner dans le quartier, supplia Edmond.

– Alors, va pour Lautasco, consentit Ophelia.

Ils errèrent encore trois quarts d'heure dans les ruelles. Edmond avait l'impression d'arpenter un quartier immense et sans issues possibles. Il se sentait bien, enfermé dans ce rêve où tout l'enchantait, hors du temps, au centre d'un bienveillant labyrinthe, semblable à une armure protectrice.

Enfin ils arrivèrent au beco do Azinhal, une impasse s'achevant en paisible cour carrée où la terrasse d'un restaurant occupait toute la carrée, comme s'ils allaient dîner dans un patio. Le resto était plutôt chic, beaux couverts, menu distingué, serveurs discrets et stylés, sans doute le meilleur point de chute de l'Alfama.

– D'où connais-tu tout ça, Ophelia ?

– J'attrape les adresses au vol, je me promène.

Ils commandèrent du *frango na púcara*[1]. En apéritif, ils choisirent entre plusieurs portos, ruby et tawny, les deux types de blend, l'un jeune et fruité, l'autre brun-topaze et vieilli. Il y avait aussi des portos vintages, de grands crus, plutôt à déguster à la fin du repas.

Durant tout le dîner, Eddie se sentit d'humeur badine, ce qui se traduisit par une pluie de petites piques à l'encontre d'Ophelia. Celle-ci encaissa avec un sang-froid remarquable. Vers la fin, elle sentit tout de même qu'elle allait éclater, soit en invectives soit en sanglots, et lorsqu'Edmond lui sortit en direct du droit « au fond je ne serai jamais pour toi qu'une passade », elle se leva et récita d'une traite, la voix lugubre et emphatique :

– The batteries in this toy are not intended to be replaced when exhausted!

Lorsqu'elle se rassit ayant débité sa tirade, le Tuniso-Breton se sentit merdeux comme il ne l'avait pas éprouvé depuis longtemps, et redevint souple et exquis comme une cravache bien rompue ou un cuir bien débridé.

Sa conversation se multiplia et la nuit était tombée. Vingt-deux heures sonnèrent et ils décidèrent de passer dans le Bairro Alto. Ils entrèrent dans le vieux quartier par la Traversa da Espera.

Rua da Atalaia, au A Capela, sorte de bar pour poètes maudits qui évoquait un peu le Saint-Germain d'après-guerre, Ophelia tomba sur deux élèves des Beaux-Arts, aux vêtements d'atelier colorés de taches et de virgules de peinture qui n'en étaient plus à leur première bière ni à la première cigarette.

– Salut Luis, salut Alf. Vous savez si les frères Y5P5 traînent dans le quartier?

1. Poulet à l'étouffée avec lard et chouriço au porto et eau-de-vie, cuit dans une marmite de terre.

– Le sculpteur de l'Alfama ne sort plus de sa rua de São Pedro. Il a trouvé une petite pour ses siestes crapuleuses. Quant à l'Y5P5-Bairro, nous l'avons croisé il y a une heure sur la Diário de Noticias, tout en haut, où sont les rades à Angolais. Il cherchait une inspiration bien trashy pour une toile expressionniste qu'un galeriste a eu le malheur de lui commander. Il avait soif, nous a-t-il dit, et peu d'argent, d'où la recherche de bistrots bas de gamme. D'ailleurs, le bas de gamme, il adore.

– Vous pensez qu'il y est encore ?

– C'est un contemplatif. Il reste des heures au même endroit sans ciller d'une paupière. Ça tient aussi aux médicaments un peu particuliers qu'il prend.

– Vous êtes bien pipelettes, vous deux !

– On t'informe, Ophelia, c'est tout. Qui c'est lui ?

Ophelia se serra contre Edmond.

– C'est mon garde du corps, lui.

– Tu sais bien garder toute seule ton corps, petite.

Ophelia ricana puis elle poussa Eddie vers la sortie, lequel marmonnait « on pourrait bien boire un verre ici ».

– Non, non, non ! On remonte vers le nord. Y5P5 est tout au bout du Bairro dans la « zone rouge », à prendre des couleurs avec les Blacks.

Edmond se laissa emmener par les rues pleines de noctambules et d'entrées de bars. Devant chacune, il ralentissait et Ophelia le poussait comme un semi-paralytique.

– Non, pas là. Plus haut. Allez, gros fainéant. Grosse barrique de bière !

24

Ils arrivaient sur la limite nord du Bairro. Ils prirent alors une ruelle perpendiculaire, où trois entrées de tout petits bars se suivaient presque à touche-touche, et d'où sortaient des couleurs rouges et vertes. Dans le premier, grand comme un vestibule avec un long banc de chaque côté, un petit comptoir et deux tabourets, trois femmes usées, un peu trop maquillées, se trouvaient côte à côte assises. En face, un pépère à béret qui semblait réfléchir à faire son choix. Aux tabourets, deux Angolais, portant l'un une pépite d'or en boucle d'oreille, l'autre la même mais au bout d'un collier sur sa poitrine largement débraillée. Des bagues dorées illuminaient les gros doigts sombres. Derrière le comptoir, un petit homme fluet aux tempes grisonnantes paraissant s'ennuyer à côté d'un transistor beuglant des rythmes cap-verdiens. Dans un coin, un mini-poster délavé avec plage à lagon bleu et cocotiers. Personne ne parlait, chacun avait un verre de bière en main. Ophelia entra sans hésitation et questionna l'individu fluet. Du pouce, il indiqua le bar d'à côté. La jeune fille revint vers Edmond en souriant :

– Y5P5 est dans le suivant. Nous sommes chanceux.

On fit dix pas sur le trottoir et l'entrée d'un autre bar à l'identique, mais un peu plus grand pour accueillir une table de cuisine, se présenta. À cette table se trouvait assis un type à lunettes qui semblait souffrir d'une maladie de foie et regardait méditativement son verre aux deux tiers vide de vin blanc.

– C'est lui. Il est très gentil. Ha ! Il est « gay » hein...

– Je serai joyeux moi aussi.

– Il parle français puisqu'il est de Marseille, ne l'oublie pas, petit chou.

Ophelia alla d'autorité s'asseoir à sa table et présenta une chaise à Edmond qui prit place lui aussi.

– (À Eddie :) Je crois qu'il somnole. (À Y5P5 :) Coucou le graphiste du Midi.

L'interpellé releva la tête, il avait de gros yeux ronds très doux derrière des espèces de culs de bouteilles. Il était coiffé au pétard.

– Tiens ! Ophelia ! Tu me parles français, ce soir ?

La jeune fille indiqua la présence d'Edmond qui se tenait coi et souriait modérément.

– Je suis avec un ami de Paris que voici.

– « Ach » Paris ! Le Moulin Rouge, le Sacré-Cœur, le french cancan, et qu'est-ce que ça devient « Parisse » ? Ville lumière, ville cimetière !

– Eh bien... ça se maintient mon capitaine.

– Vous avez raison de venir faire un tour chez les mangeurs de morue, ils ont du cœur, eux.

– Y5P5, ça veut dire quoi ?

– C'est de la convocation à l'armée française. J'ai été réformé. « Y5 » c'est pour n'y-voit-que-dalle et « P5 » c'est pour Psychopathe puissance 5. C'est donc tout un programme, surtout pour un peintre.

– On dirait que vous cachez votre jeu.

– Je ne sais pas sur quel pied danser.

– Luisa-Apollonia Carneiro.

Y5P5 blémit encore plus, et ses yeux s'agrandirent démesurément, mais tout ça ne dura que cinq secondes. Edmond avait eu le temps de saisir. Il poursuivit :

– Mais quel est votre vrai nom ?

– Dis « tu ». Je m'appelle Fred Poulain, comme le chocolat.

– Et tu es un peintre dont l'usage dominant de couleur est le marron, c'est ça ?

– Le fait que lorsqu'on prononce certains noms j'ai subitement d'autres activités qui s'éveillent.

– Luisa-Apollonia Carneiro, par exemple ?

– Là ça tilte beaucoup. Disparue ?

– Enlevée.

– Le « suivi » de la procédure ?

– Je m'accroche.

– Tes rapports avec elle ?

– Rencontrée dans l'avion. Même taxi. Enlevée alors.

– On peut parler devant Ophelia?
– Elle sait tout.
– Tu as rebalancé l'affaire sur Borges-Coutinho?
– Négatif. Il est mouillé, j'en ai la preuve absolue.
– ... Je veux pas le croire... Mais je m'en doutais à 50 %. Il y avait des recoupements.
– Tu es quoi, toi, là-dedans?
– Moi? Je suis un agent dormant. Et tu me réveilles.
– Pour quelle équipe?
– Services Spéciaux français. J'étais en fond de court sur cette affaire. Mais je vois qu'il va falloir monter au filet avec les cuisses propres.
– Au filet, j'y suis déjà depuis cinq jours. J'ai accumulé les news. Avant, je voudrais juste de toi un point de détail qui m'indique ce que tu sais vraiment.
– O.K. Les rendez-vous sont chaque jour sous forme de rébus et tu reçois des microfilms?
– Ça marche. Ton rôle dans tout ça?
– Je devais recevoir de Borges-Coutinho les microfilms et les produire à l'audience.
– Il ne te les aurait jamais remis.
– Tu ne m'étonnes qu'à moitié. La liaison fonctionnait bizarre.
– Que peux-tu faire concrètement pour accélérer les choses?
– En référer à la hiérarchie. Faire dessouder Borges et voir direct avec Almadeira qui prendra les mesures.
– Et Luisa sera libérée?
– Calmos. Raconte-moi d'abord toute ton histoire bien tranquille, comme au confessionnal.

Edmond se résolut à condenser toutes les péripéties de son court mais intense séjour. Poulain semblait n'en perdre pas une miette. Lorsque tout fut étalé, le « dormant » des Services Spéciaux avait l'air atrocement éveillé. Il donna ses ordres d'une voix douce mais ferme :

– Tu boucles les rendez-vous-rébus. Tu me remets un double de l'agenda-carnet d'adresses. Tu gardes ton flingue. Tu ne te sers que sur mon indication de l'émetteur-récepteur. Luisa est quelque part dans cette ville, vivante. En fin de parcours, c'est moi l'interlocuteur des Services Secrets portugais. Almadeira en fait partie. Borges-Coutinho n'est qu'une gigantesque erreur dont nous guérirons. Quant à Pedro-le-Balafré, Suñer et toute la clique, nous attendons seulement que tout soit mûr pour les faire tomber dans la souricière. Toi, tu es l'élément « exogène », tu fais ce que je ne pourrais pas faire. Donc finis de collecter les microfilms, et aussitôt après, viens me les remettre. Tout s'effondrera alors comme une structure pourrie. Borges sera balayé et Luisa réapparaîtra au grand jour. Et le procès aura lieu avec charges accablantes. (Poulain reprit son souffle, il semblait exténué, au bout du rouleau :) Excuse-moi, mais ça fait cinq jours que j'attends des nouvelles de Borges. Je comprends maintenant son silence et mes soupçons ne m'égaraient pas. C'est désormais à toi de jouer. Encore trois jours, l'ami, trois jours.

– Et le contenu des microfilms ?

– Documents relatifs à un réseau de fausses factures et de collusions qui n'ont pas lieu d'être entre des mafieux et certains relais de cabinets de secrétariats d'État français, espagnols et portugais. Gros malaise. Et c'est Luisa qui a découvert voici trois ans le pot aux roses. Depuis, nous avons « récolté » pour constituer un dossier d'instruction en béton. Nous avions la bombe nucléaire. Luisa transportait le détonateur. La « couverture » lisboète n'a pas fonctionné. Les Services Spéciaux, volontairement mal informés, se sont trompés d'horaires d'arrivée à l'aéroport. La mafia a exploité cette faille ménagée par Borges-Coutinho qui est autre chose qu'un flic de la Police des étrangers. C'est sa couverture, ça. En fait il était chargé de liaison entre les Services Spéciaux français et portugais. Luisa aurait dû être couverte à 100 %.

– Alors, pour moi, que faire maintenant ?

– Achever ta récupération de microfilms. Le soir même où tu les auras au complet, voici un numéro pour me joindre. Je te fixerai un rendez-vous pour dîner. Il y aura Almadeira. En cas d'urgence, on ne sait jamais, voici sa ligne confidentielle. Réclame-toi de Poulain. S'il tique, rajoute Y5P5B, là, il foncera.

Fred Poulain but une franche gorgée d'alcool et fit la grimace. Il semblait retomber dans l'indolence.

– C'est tout, Edmond Benakem.

– Tu... tu connais mon nom ?

– Les « ponctuels » t'ont photographié et espionné un peu. Tu es descendu au Lisboa Tejo, chambre 407.

– Tout à fait exact.

– Tu vois que tu n'étais tout de même pas abandonné entièrement à toi-même dans une ville hostile. Ça nous arrangeait qu'un « Candide » se charge de la récupération. Nous restions en repli d'observation. C'est moi qui ai lâché les deux lames dans le ferry pour voir si potentiellement tu assurerais. Tu t'es montré à la hauteur.

Tant Ophelia qu'Eddie sortirent sidérés du rade où tant de cartes avaient été mises sur la table. Un large pan de vérité venait de se faire jour. Edmond ne put s'empêcher d'être impressionné par la façon dont les agents spéciaux endossaient une identité fantaisiste de graphiste gay un peu psychopathe et haut en couleurs.

Même Ophelia avait du mal à avaler tout ce qu'elle avait entendu. Quelque chose en elle se refusait à y croire pour de bon :

– Attends, il est peut-être parti dans un délire d'interprétation. Ou bien il est médium, ce type.

– C'est ça. Et moi je suis Napoléon Bonaparte ! Non, pour qu'il sache tous ces détails aussi précisément, il faut qu'il soit au cœur du dispositif. Reste qu'il peut être un traître et nous mener en bateau comme Borges.

– Dans ce cas...

– ... la conspiration serait générale, la gangrène totale et tout serait foutu sans rémission. Il faut monter et tout miser sur ce joker. Si la carte est elle aussi biseautée : *inch'Allah.* Dieu est grand, comme dit papa.

25

Edmond dormit seul et se leva de bonne heure. Le seul problème qui, immédiatement, se posa fut qu'un homme ronflait dans le lit jumeau. Puis il ne reconnut pas, mais pas du tout, sa chambre où il ne retrouvait pas ses affaires. Alors il poussa un cri étouffé : crise de somnambulisme. Il était nu dans son lit. Le petit cri réveilla le voisin, une armoire à glace à tignasse blonde genre surfeur de rêve. Le type pouvait avoir dans les trente balais. Il regarda Eddie avec de petits yeux très caressants puis, d'une voix suave :

– You're welcome, sweet little boy, you're very welcome.

L'Américain sortit doucement de son lit, entièrement nu lui aussi, mais le rouge lui montait aux joues et il faisait des mimiques du bout des doigts.

– What an amazing gift for my cocky-monster, sweet lovely guy. Come on guy, slowly, slowly...

L'individu s'approchait d'Edmond qui tirait les couvertures sur ses épaules comme une femme effarouchée.

– Where do you come from, delicious child ? You're arabian. You're a guilty « gazou » with a thunder ass, and a good cock with purple lips for deep love... Ouah, you're such a gift !

– Éc... écoutez; calmez-vous. This, this is not what vous croyez. I am not in love with men.

– Sweetest liar. And what are you doing in my room?

– Je... Moi... Somnambule. I walk in sleep. That's a horrible mistake, mister.

– Not so horrible! In fact, your pulsions took you to me to have sex with me.

Et l'affreux exhiba une petite poupée qui commença à durcir.

– No no. Not having sex. I have aids, mister, I HAVE AIDS.

– Me too. But I have condoms, charming « gazou ».

– Not préservatifs! I want to retourner dans ma chambre!

– Please stay. God took you to my place, you're an anal angel.

– Écoutez si vous avancez encore, je crie. IF YOU COME, I SCREAM!

– I hope so. When I come in your ass, you can scream as much as you wish. It will be terrific, honey. Do you do heads?

– Vous ne ferez rien du tout dans mon ass, je ne fais pas de tête et ce ne sera pas terrific, point à la ligne.

– O.K. I understand. You want money. You're a taxi-boy. What's your price?

– Je ne suis pas à vendre, ni moi, ni mon cul, ni aucune partie de mon corps, espèce de cannibale martien.

Le surfeur luttait contre la congestion et se rassit sur son lit, se tapant une érection formidable, genre obélisque de la Concorde. Edmond bondit hors du lit, se précipita à la porte, sortit comme un voleur, glissa tout nu dans le couloir sans croiser personne et retrouva la porte 407 qu'il ouvrit pour s'y barricader. Il tremblait comme une feuille et alla s'allonger pour reprendre son souffle et retrouver sa dignité un instant mise en grand péril par un gay yankee qui rêvait éveillé.

– Ohé l'autre ! La brute sodomite. Le pédophile en rut... Quoique j'ai plus de quinze ans tout de même.

Et Eddie alla prendre une longue douche purificatrice puis il s'habilla mais moins cérémonieusement que de coutume comme s'il se méfiait d'une ombre d'ambigüité dans ses gestes. Il se jeta un regard froid et viril dans la glace qui acheva de le rassurer sur sa masculinité sans conteste.

Ainsi convaincu, il descendit prendre son petit déjeuner dans la salle à manger. Le premier client qu'il rencontra fut le gay yankee arborant un tee-shirt « Castro Street ». Lequel lança un long regard méprisant à Edmond tout en éructant un *« poor little bitch ! »* puis détourna dédaigneusement la tête comme une pintade outragée. Eddie passa à travers l'orage et se planqua dans un coin où le gay yankee ne pouvait pas le voir. Le café acheva de le remettre d'aplomb et il se retrouva en selle – si l'on peut dire.

Il avait une rude matinée. Prendre le tramway 28 sur tout son itinéraire et là localiser une « étoile au front », priant pour qu'il n'y en ait pas plusieurs pour prêter à confusion.

À la rubrique « Transports » du *Guide du Routard*, Edmond remarqua qu'à l'intertitre « Trams (electrico) », on parlait de la fameuse ligne 28 qui, en gros, allait du Bairro Alto à Graça en passant par la Baixa et l'Alfama. L'arrêt central pour les deux sens se situait rua da Conceiçào. Il était précisé de faire attention aux pickpockets, avertissement qui ne tomba pas dans l'oreille d'un sourd. Eddie joua à pile ou face sa première direction. Le côté face lui intima d'aller à Graça par l'Alfama. Il boucla ses affaires et partit rua da Conceiçào, une perpendiculaire du bas de la Baixa.

L'electrico était un vieux modèle en tôle jaune canari et bois clair, et c'était la première fois qu'il prenait le tram. À cette heure matinale, il s'assit sur une petite banquette en lattes de bois et nota les finitions cuivrées de l'intérieur de l'engin, dont le gabarit en largeur dépassait de façon inquiétante l'empattement des roues et des rails : on avait la sensation d'une ligne de flottaison illusoire. Le wattman actionna la cloche et la mécanique fila comme une danseuse sur patins à glace. Les virages en épingle à cheveux du début de l'Alfama étaient particulièrement spectaculaires en ce sens qu'on comprenait mal comment le tram ne sortait pas de ses rails, alors que le compartiment tanguait tout d'un côté puis tout d'un autre, frôlant au centimètre près les angles droits des façades, comme une furtive caresse kamikaze.

La rua da Graça avait un aspect un peu fripounet, un peu gitan, avec ses petits bistrots et ses humbles épiceries. Edmond écarquillait les yeux d'un côté et de l'autre. Soudain, à gauche, il vit une façade grise années trente, avec une grande entrée au-dessus de laquelle était une superbe étoile à cinq branches et une sorte de visage jupitérien sculpté. Il descendit dès l'arrêt suivant.

Il eut à revenir sur ses pas sur une bonne centaine de mètres, puis il put considérer à son aise la façade qui avait connu des jours plus fastes au moment où Salazar prenait le pouvoir, sans doute. Edmond relut son rébus. Le mot « Caf » demeurait inexpliqué. Il ne le resta pas longtemps. En pénétrant dans les lieux, on trouvait une mini-galerie marchande avec une « caf »-étéria aussitôt à droite. Au fond était un supermarché de proportions modestes. Eddie chercha *Graça* dans son GdR. Au numéro 98, on signalait la façade Art déco d'un ancien cinéma transformé en supermarché. Il se trouvait donc à l'endroit indiqué, sauf qu'on avait omis la présence de l'étoile au fronton : c'était évidemment une indication subsidiaire qui n'avait son importance que pour un certain Benakem, collecteur amateur de microfilms explosifs.

Il n'était pas encore onze heures. Il restait presque deux heures d'attente. Edmond sortit dans la rue qu'il remonta vers le largo. Il entra dans un bar propre et tout blanc, commanda une bière bouteille qu'on lui apporta avec un verre. Deux jeunes Noirs entrèrent juste après lui et commandèrent la même chose, sortant chacun un téléphone portable. On leur apporta les bouteilles sans verres. Simple négligence ou intention délibérée ? Eddie examina le patron. Un type râblé au front étroit, aux allures de charcutier. Allez savoir ce qui se passait dans ce crâne ? Oubli ou propos arrêté ?

À douze heures trente-neuf, il traversa la rue. À douze heures quarante et quelques secondes, debout au comptoir de la cafétéria du rendez-vous il commanda un café à la jeune fille maigre à l'air triste. Elle le fixa dans les yeux, le jaugeant, puis demanda :

– Que oras são ?

– Vinte para a uma[1].

– Muito obrigado.

– Há correio para mim ?

– Aqui está para o senhor.

Et elle fit glisser sur le comptoir, très doucement, un paquet de SG Gigante rouges qu'elle couvrait de sa main.

– Depressa, depressa.

Elle retira sa main au moment où Edmond posa la sienne sur le paquet de cigarettes. Puis il l'amena sur le rebord du comptoir, le fit tomber dans son autre main

1. « Vingt avant un », soit 0 h 40 PM.

qui s'enfourna dans sa poche de pantalon. Eddie but calmement son café tout en souriant à son contact que Poulain nommait un ponctuel dans son jargon d'agent très spécial. L'espresso était excellent.

Pour bien indiquer qu'il ne redoutait personne, Eddie commanda ensuite un gâteau au miel qu'il grignota lentement. La « ponctuelle » semblait au supplice, jetant des coups d'œil dans tous les sens, les gestes saccadés et nerveux. Edmond finit pas se sentir cruel vis-à-vis de cette pauvre fille. Il lui lança un « adeus » personnalisé et débarrassa les lieux de sa dangereuse présence. Il remonta une seconde fois vers le largo, prit à droite la travessa do Monte solitaire qui menait à O João, profita de l'isolement pour ouvrir les SG et en sortir le mini-container qui rejoignit les autres. Il poussa la porte du resto et se trouva dans une petite salle assez fonctionnelle bourrée de monde, et où chacun piochait dans des portions gargantuesques avec une jubilation bien visible. Les Portugais sont de terribles mangeurs comme on n'en fait plus en Europe.

Edmond commanda une *empadão de batata*, sorte de croustade au hachis parmentier qu'accompagnaient des *ovos estrelados* (simples œufs au plat). Il éprouvait une certaine lassitude à manger comme quatre et aurait donné cher pour une simple entrecôte grillée avec une noisette de beurre et du persil, mais SANS GRAS !

26

A Ginjinha était une minuscule buvette au bout du Rossio, à côté du Théâtre National, sur le largo Domingos, où les cireurs de chaussures avaient de petits boxes en arc de cercle, toujours emplis de clients la pompe en avant, enfouis dans leurs journaux respectifs. Sur les contrevents de la buvette étaient peintes dans un adorable style naïf de la Belle Époque deux scènes de dégustation approbatrice du produit. L'un représentait un monsieur en Panama avec un autre buveur, la seconde une dame crinolinée qui goûtait un petit verre en compagnie d'une bienveillante métisse. On vous servait là des verres un peu plus grands qu'un dé de liqueur de griotte avec quatre ou cinq petites cerises pour une pièce de vingt escudos. C'était rustique, très fonctionnel et diversement fréquenté.

Le bacchique reporter en était à son troisième petit verre de ginjinha, lorsque la *rapariga loira*[1] le surprit en train d'en commander tout bonifacement un quatrième :

– Celui-ci sera pour moi. Tu as dû en boire assez puisque je suis presque en retard d'une demi-heure.

– Le fait est qu'on y prend goût.

– Tu as trouvé ton étoile ?

– Une vieille façade de cinéma rua da Graça. La serveuse de la cafétéria, à l'intérieur, était mon contact. Tout a marché comme sur des roulettes.

– Il ne te reste plus que deux rébus.

– Demain vendredi, c'est à Belém, et pour le suivant, je ne sais toujours pas résoudre « *Le Jaune de l'Olympe occidentée* ». « Occident » voudrait dire peut-être à l'Ouest de la ville, donc le Bairro, ou Madragoa ou Lapa. « L'Olympe » indique un séjour des dieux reconnaissable à sa couleur « jaune ». Personnellement, je pense à un hôtel chic ayant du jaune à sa façade. Qu'y a-t-il comme grands hôtels à l'Ouest ?

– Il y a la York House vers le musée des Arts antiques, à Lapa. L'hôtel est situé dans un monastère du XVIe siècle.

1. Jeune fille blonde.

La salle à manger est l'ancien réfectoire des moines. C'est aussi le quartier des ambassades.

– Des dominantes jaunes ?

– Pas à l'extérieur du moins.

– Le rendez-vous est à quatorze heures vingt-deux précises. Le ponctuel peut être le réceptionniste.

– Mais le mot « occidentée » n'est pas très français, non ?

– Exact. J'avais d'abord cru lire « accidentée ». Une faute de frappe ? Ce serait la seule sur tout le texte. Je tiens plutôt pour le néologisme.

– Et moi, contredit Ophelia, pour la faute de frappe volontaire : ce serait un dernier piège pour un dernier rébus. Une ultime vacherie.

– O.K. Lisons selon ton avis : *« Le Jaune de l'Olympe accidentée »*. Ça ne veut rien dire.

– Et pourquoi ce dernier mot au féminin ? « Olympe » est bien du masculin si je ne me trompe ?

– Ce serait alors UNE Olympe. Comme on dit une Brother, pour une machine à écrire, ou une BMW, pour une voiture.

– Eddie ! Voiture collerait avec « accidentée ». Il faudrait alors localiser une vieille auto, jaune, de marque Olympe, et qui soit en mauvais état.

– Autant chercher une aiguille dans une botte de foin. Soit la voiture roule encore, et elle apparaîtra sur le Rossio à l'heure exacte. Soit elle est dans une casse quelconque, et il faudrait faire toutes les casse-autos sur Lisbonne. Non. Je tiens pour la solution de la York House. C'est dans l'esprit des autres rébus.

– Moi, je n'y crois pas. J'attendrai sur le Rossio le passage d'une Olympe jaune à quatorze heures vingt-deux.

– À la même heure, je serai à la réception de la York House demandant du courrier pour Luisa Carneiro.

– Tête de mule.

– Mauvais esprit.

Ophelia prit Edmond par la main et l'entraîna d'un pas décidé. Eddie quittait A Ginjinha cependant à regret. Ils traversèrent le Rossio sur toute sa diagonale, faisant hurler les klaxons de voiture et les gens excédés à l'intérieur, horripilés par une longue journée de travail sous le despotisme des petits chefs. Puis ils grimpèrent la rampe du Carmo, taillant parmi la foule baguenaudante, arrivèrent sur le largo do Chiado, snobèrent le Brasileira aux terrasses pleines de jeunes branchés mêlés à de joufflus touristes et, au moment de pénétrer praça Camões, obliquèrent à gauche toute pour redescendre la rua de Alecrim. Soudain Ophelia s'arrêta devant une grande devanture, à côté d'un garage de pompiers, devanture qui évoquait une espèce de galerie d'art. Mais Edmond lut au-dessus en français « La Brasserie de l'Entrecôte ». Ils entrèrent dans une première grande salle très chic qui tenait lieu de sommellerie et de réception. Une charmante serveuse déguisée en soubrette les fit monter vers une salle haute et tout en profondeur, où les tables s'alignaient devant un canapé sans fin au-dessus duquel de grandes glaces se faisaient face, se renvoyant leur reflet dans un jeu infini de miroirs. Entre elles, des sortes de candélabres modern style qu'on allumait au soir et qui mêlaient leurs feux au ballet des glaces interminable. C'était beau. Quelques couples dînaient déjà, à des tables éloignées. À l'une, une femme chochotait dans un portable.

– Ici, fini les *bitoque de vaca com ovo* et autres saloperies, gronda Ophelia. Fini les plats graisseux, les steaks semelles à sept cents escudos. (Se radoucissant :) Évidemment, ce sera un peu plus cher.

Edmond était impressionné par les immenses banquettes vertes et les silhouettes se démultipliant jusqu'au vertige dans les hautes glaces. On parlait bas comme pendant une messe.

– C'est ici qu'il faudra venir fêter la réussite de toute l'affaire, soupira-t-il.

Après avoir dégusté des mets raffinés, dont une entrecôte à la tendresse furieusement délicate, Edmond alluma une cigarette les yeux mi-clos et déclara :

– Jamais je n'aurais fait un tel mélange ailleurs qu'à Lisbonne.

– Ah oui, et lequel ?

– D'un côté autant manger, et, de l'autre, autant risquer ma peau pour presque rien.

– Poulain te couvre déjà. Almadeira te couvrira bientôt. Tu n'es plus en solo sur ce coup. Et il y a moi.

– Et si Borges-Coutinho me convoque à nouveau ? Mais cette fois pour me jeter en taule. S'il me fouille, il a tous les microfilms d'un coup.

– Ce serait alors prudent de me les remettre.

– Alors tiens, sous la table...

Edmond tendit le paquet rigide de Winfield avec son contenu tant convoité. Ophelia le saisit vivement et le fit glisser dans son petit sac à main.

Ils sortirent.

– Je rentre en taxi chez moi planquer ce que tu m'as donné, annonça Ophelia. Rendez-vous tout à l'heure sur le Rossio, au coin avec Restauradores, il y a une armurerie, attends-moi devant.

Leurs lèvres s'effleurèrent.

27

À la réception du Lisboa Tejo, en tendant sa clé à Edmond, la jeune femme lui adressa la parole :

– Un monsieur a appelé deux fois pour vous cet

après-midi. Voyons, une fois à dix-huit heures trente, puis à dix-neuf heures quinze. Il s'agit d'un monsieur Poulain. Il a laissé un numéro pour que vous le rappeliez « dès que possible », ce sont ses propres termes. Voici un bristol avec le numéro inscrit.

Dans l'ascenseur, Edmond triturait le bristol comme un casse-tête chinois. Était-ce routinier, ou y avait-il des nouvelles bonnes ou mauvaises ? À peine entré dans sa chambre, il verrouilla la porte et tapa les chiffres sur le cadran. Il parla le premier, en français :

– Allô. C'est moi.

– Benakem.

– Possible.

– Ici Poulain. Y5P5B.

– D'où avez-vous mon numéro ?

– Vous oubliez que je connais l'hôtel où vous êtes descendu.

– C'est juste. Excusez ma nervosité.

– Gonzales-Rapal est dans le coma. Vous n'y êtes pas allé de main morte, dites donc ! Maintenant vous allez sortir dans n'importe quel bar de la Baixa, téléphoner à Suñer et lui dire que Gonzales-Rapal est dans le coma à l'hôpital Dona Estefânia, service de soins intensifs du professeur Campos. Vous avez bien saisi ? Précisez que vous, agent français, allez le donner aux Services Spéciaux portugais. Que s'il ne libère pas Luisa, vous le donnez.

– Mais... ils préféreront perdre un homme que de libérer Luisa Carneiro.

– Bien sûr. Mais ils vont un peu s'affoler. Ils essaieront de récupérer Gonzales ou à tout le moins de le liquider pour l'empêcher de parler. Suñer fera tout pour le sauver. Mais vous ferez appeler Borges-Coutinho chez lui par Ophelia. Qu'elle soit très laconique, ni bonjour ni bonsoir. Dès qu'elle l'a au bout du fil : « Gonzales est dans le coma à Dona Estefânia, service intensif, docteur Campos », et elle raccroche. C'est tout.

– Vous ne laissez pas Suñer transmettre lui-même l'info à Borges ?

– Il ne le fera pas. Il ne le fera pas parce que ce serait signer l'arrêt de mort de Gonzales dont Borges-Coutinho n'a rien à foutre, tandis que Suñer si : ce sont deux « paysses ».

– Donc Suñer essaiera de sauver Gonzales et Borges le tuera ou le fera tuer. D'où bisbille ?

– Exact. Il nous faut d'abord diviser les Espagnols d'avec les Portugais, les mafiosi d'avec les ripoux avant de frapper le grand coup. Après-demain soir, vous aurez fini de collecter. Vous aurez tout bien planqué. Je vous appellerai ici à votre hôtel à dix-huit heures trente. Vous aurez à contacter Borges sur l'émetteur-récepteur. Vous aurez à mettre le paquet. Almadeira m'a promis de vous faire donner une couverture maximale car c'est vous seul qui devrez monter au charbon. Vous acceptez ?

– Je risque ma peau ?

– Largement.

– Alors j'accepte.

– À dans deux jours. Pour l'instant, donnez vos deux coups de fil et passez un joyeux vendredi soir comme le commun des mortels.

– N'employez pas ce mot. Il me hérisse subitement.

Poulain ajouta encore :

– « On » vous a à l'œil. Restez cool. Quant à cette ligne téléphonique, elle est propre, détendez-vous. Adeus.

Je préférerais *até logo*, songea nébuleusement Edmond.

28

Eddie savait seulement qu'à cause d'un bâton de rouge à lèvres, et par sa faute, un homme – fût-ce un assassin – luttait actuellement contre la mort, et que lui aussi, serait peut-être bientôt un criminel. La situation était désagréable. Donc, il appellerait Suñer, lequel aurait quelques heures pour sauver son « paysse ». Borges-Coutinho serait prévenu ensuite. Et à partir de là, Gonzales ne pèserait plus grand-chose sur cette terre et achèverait dans la Ville Blanche sa lugubre carrière de machine à dessouder les humains. Décidément, le chemin menant à Luisa était forcément pavé de cadavres.

Edmond sortit remonté comme un réveil couplé à une demi-douzaine de bâtons de dynamite. Il s'engagea dans la rua Augusta, entrant dans le premier snack venu, commanda une *cerveja a copo*[1] et alla au pilier où un téléphone mural attendait. Il composa le numéro de Suñer. Celui-ci répondit en personne. Dans le fond, on entendait le glapissement redondant d'une télévision.

– Ici peixe espada.

– J'écoute.

Le son télé baissa.

– Toi et ta bande commencez à morfler.

– « Morfler » ? Que veut dire ?

– Que ça va mal pour vous.

– Où vous avoir mis Gonzales ?

– Il est dans le coma, à l'hôpital.

– Coma ? De quoi ? Quel hôpital ?

– Oh Suñer ! L'une après l'autre les questions.

– Bien. Coma de quoi ?

– Substance vénéneuse. Du curare.

1. Une bière pression.

– Vous tirer lui avec sarbacane?
– C'est ça. Avec une sarbacane à fléchette empoisonnée.
– Quel hôpital?
– Dona Estefânia. Soins intensifs. Professeur Campos.
– Qui d'autre savoir?
– À toi de deviner. Personne peut-être.
– Information échange quoi?
– Où retenez-vous prisonnière Luisa Carneiro?
– Pas possible échange téléphone information pareille. Vous devoir rencontrer moi.
– C'est probable. Mais pas tout de suite.
– Quand?
– Dans deux jours. Pas avant.
– C'est tout?
– Rien d'autre Suñer. Si. Fais attention quand tu sors. Il y a d'autres sarbacanes. Raccroche.
– Buenas noches, senhor peixe espada.

Il y eut un gros clic suivi de deux très courts bips assez curieux. Poulain aurait-il fait mettre Suñer sur écoute? Edmond resta dans l'expectative. Il avait obéi en tous points à la consigne. Poulain à l'écoute serait satisfait : Suñer devait vraiment les avoir à zéro désormais. Lutter par la terreur contre la terreur. Terroriser les terroristes, vieille stratégie.

Puis il fut temps de remonter la Baixa, assez animée en ce prélude de week-end. La nuit était tout à fait tombée, et des notes soufrées illuminaient çà et là les ocres ténèbres, aux molécules presque visibles, dansant un quadrille cosmique comme des paramécies au microscope. Ophelia était adossée au coin de mur qui bordait la vitrine de l'armurier. Des ombres rôdaient autour d'elle, courbées et l'échine basse.

– Te voilà! Filons! On m'a déjà demandé dix fois mes prix et si je « faisais tout ».

– Ils s'informent. C'est humain.

– Sale goujat machiste. Fieffé mufle alcoolisé ! J'ai décidé que nous irions avenue du 24 Juillet, ce soir, reprit Ophelia. C'est vendredi, les banlieusards vont prendre d'assaut le Bairro Alto. Il y aura une ambiance faussée.

– Ouais. Tu n'aimes pas les touristes. Les types comme moi, quoi. On vous bousille votre ville, c'est ça ?

– Mais qu'il est grognon le petit chou, ce soir.

– Vas-y, joue du violon. Fais-moi faire le beau pour le susucre que donne la fifille.

– Mais tu le fais très bien tout seul, le beau !

Ophelia était décidément inattaquable et Edmond, un peu embrumé, se laissa gentiment mener en laisse par la subtile jeune fille. Ils sautèrent dans une Peugeot de la tête de taxis du Rossio. En passant sous le tunnel où était le Texas, redoutable bar à putes, Eddie signala qu'il aimerait bien s'y arrêter au moins une fois pour voir.

– Sans moi, clama sèchement Ophelia.

– Mettons que j'ai rien dit, balbutia le jeune homme.

La Lisboète fit signe au taxi de s'arrêter devant le Trifasica. Le couple entra dans le bar hi-tech assez bondé avec au fond un billard anglais où un groupe s'animait. Ophelia semblait chercher une connaissance. Enfin elle se dirigea vers un grand garçon brun qui s'exclama à sa vue, la souleva quasi de terre et lui colla deux baisers sur les joues, pas très loin de la commissure des lèvres ; Edmond n'apprécia qu'à demi. Il allait devoir jouer les arbitres. Ophelia revint radieuse vers lui :

– Oh Edmond ! Johnny est là !

– Gni gni gni, Jaûni est là !

– Ben... qu'est-ce qui te prends ?

– Excuse-moi, j'ai mes vapeurs, moi.

Et l'air lugubre, il alla se coller contre le très long bar qui serpentait en bois clair, avec de petits halogènes, sur toute la profondeur de la salle. Il y avait un mur plein de bouteilles d'alcool : Absolut, Gordon's, Grant's, JB, Cutty Sark, Smirnoff, Bailey's, William Lawson... reliées entre elles par des tuyaux noirs comme dans une salle de commandes de centrale électrique d'où le nom (Trifasica) de l'établissement. Tout le mobilier était ergonomique en bois clair et les murs en pastels délicats comme de la peinture au jaune d'œuf. Il y avait quelques petits néons publicitaires à l'américaine. Ophelia était entourée d'une MEUTE de jeunes gens à la mode et Edmond, désabusé dans son coin commanda une vodka Absolut double dose, soufflant par les naseaux sa fumée de cigarette comme une vieille chaudière encrassée. Il essaya vainement de faire de l'œil à la barmaid, mais tout le monde semblait graviter autour d'Ophelia dans cette pétaudière.

Elle m'a amené ici pour m'humilier, se dit-il. C'est réussi.

Soudain une Eurasienne passa dans le champ de vision d'Eddie. Il la héla en anglais. Elle fit un charmant sourire et s'approcha timidement. Un quart d'heure plus loin, Edmond lui expliquait qu'il était photographe de mode à San Diego, Californie, et qu'il cherchait des modèles à Lisbonne pour son agence de Paris. Alcool désinhibant et tchatche infernale aidant, il était tout à fait crédible. La fille s'appelait Peggy, à cause de Peggy Lee qu'adoraient ses parents. La voix d'Eddie se fit plus caressante. Encore un quart d'heure plus tard, Peggy avait une cuisse sur celle d'Edmond qui lui chuchotait à l'oreille et, enfin, lui en mordilla le lobe de façon agaçante.

Il se fit alors un silence de mort dans le bar et il s'y passa un certain nombre de choses que ni Edmond ni Peggy ne virent vraiment.

Ophelia était au milieu de la salle, son Derringer deux coups 8 mm braqué dans la direction du couple improvisé. Un premier coup partit et explosa la vitrine de bouteilles qui s'effondrèrent piteusement en cascatelles. Edmond et Peggy sursautèrent et regardèrent dans la direction d'où partait cet incroyable coup de feu.

– TOI, l'Asiatique, tu recules de deux pas ! Toi le musulman en chaleur, tu lèves bien haut les mains ! Bien haut !

– Vas-y, petite dingue, bute-moi !

– Oui je vais te tuer ! Je te tue et je me tue ensuite !

– Il reste qu'une balle, faut choisir, espèce d'hallucinée.

– Alors à TOI la balle ! À MOI le curare !

– Déconne pas ! Ton curare fout vraiment dans le coma !

– ET QU'EST-CE QUE T'EN SAIS ?! Tu t'es pas éternisé quand t'as dessoudé l'autre à coup de rouge à lèvres !

– Gonzales est légume à l'hosto, service de soins intensifs. C'est Poulain qui m'a appris ça tout à l'heure. Suñer doit le faire évader, mais Borges-Coutinho doit le faire achever sur place pour que les mafieux et les ripoux se bouffent le nez !

Stupeur et mouvements divers dans l'assistance à l'énoncé de ce dialogue digne des hiéroglyphes. Ophelia baissa lentement mais sûrement le canon encore fumant de son Derringer. Le nommé Johnny était blanc comme un linge et la petite Asiatique s'était évanouie. Un serveur un peu baraqué intervint dans la mêlée :

– Bon, moi j'appelle les flics.

– Fais surtout pas ça, Phil, on s'en va, supplia Ophelia, les larmes au bord des paupières.

– Et qui paye pour la casse ?

Ophelia s'adressa à Edmond :

Tu veux bien payer les bouteilles cassées ?
– Demande à ton Jaûni, ricana-t-il.
– Eddie, si tu payes pas, les flics vont venir. Tu veux pas que les flics viennent, n'est-ce pas ? Ce serait la catastrophe.
– Je paye. Mais tu viens dehors avec moi.
– Dehors ? Pour quoi faire ?
– J'ai mes raisons.
– Jure-moi alors que tu ne me frapperas pas ! Jure devant tout le monde ici !
– C'est bien mal me connaître. Je n'ai rien à jurer, tu sors avec moi c'est tout. Et tu laisses ton Jaûni où tu l'as trouvé.
– D'accord nous sortons mais avant tu payes. (En portugais aux autres :) Il est très jaloux et très vexé.
Edmond aligna une liasse de billets de cinq mille escudos sur le bar que le serveur recompta en se passant la langue sur les lèvres.
– Le compte est bon. Pouvez filer. Mais ni lui ni toi ne reviendrez ici. Désolé Ophelia, j'ignorais tout à fait que tu portais une arme. Désolé et très déçu par ton attitude inqualifiable. Bon sang, on dirait une Andalouse !
Ils sortirent tous deux côte à côte sans se toucher, comme deux cowboys qui quittent un saloon pour un duel au revolver au milieu de la rue. Sur le trottoir, involontairement, Edmond esquissa un geste un peu brusque. Instantanément, Ophelia sursauta et se protégea le visage de ses avant-bras :
– Tu... tu vas me battre...
– Je ne me souillerai pas à faire ça.
– Mais je le mérite pourtant : j'ai voulu te tuer. J'ai essayé de t'assassiner, oui ou non ?
– Oui tu l'as fait.
– Et tu ne réagis pas autrement ?

– Tu me dégoûtes. Tu me dégoûtes et ça me fait pitié.

– Mais alors c'est affreux. C'est pire que tout. Tu ne voudras plus jamais me toucher. Aie pitié de moi, Eddie. Je suis à toi. Je t'aime trop...

Edmond donna un coup de pied dans un caillou, les mains dans les poches. Ophelia s'approcha furtivement de lui. Elle le toucha d'abord du bout des doigts. Il grogna. Elle s'enhardit, glissa sa main sous le coude d'Edmond. Il marmonna. Elle passa tout son bras autour de sa taille et, avec une délicatesse infinie, posa sa tête sans la laisser peser, au creux de son épaule. Ils marchèrent ainsi longtemps, longtemps, comme s'ils devaient au loin, tout au loin, rejoindre la splendeur de l'océan.

Le charme s'estompa lorqu'Ophelia se remit à parler comme si rien ne s'était passé. Mais, en fait, cette scène, au lieu de les diviser les avait rapprochés plus encore, comme deux fantassins montés pour la première fois au feu ensemble.

– Nous allons prendre un verre A Paulinha et là je serai sage comme une image.

– Je n'en demande même pas tant, Ophelia.

Ils pénétrèrent dans ce qui semblait être l'entrée d'un hangar désaffecté. Mais bien vite derrière un mur de cubes de verre dépoli apparut une haute et grande salle, genre loft, avec derrière le bar une gigantesque pub pour la bière Warfteiner, espèce de gros bouclier doré. La devise de la maison était : « Quand le plaisir de la nuit est de retour... » et au gré de chacun de savoir bien finir la phrase dans le sens du poil.

29

Edmond, vers la moitié de son verre, prit un air de conspirateur et demanda au barman si l'on pouvait téléphoner du bar. Celui-ci haussa les épaules et apporta un combiné sans fil, antenne déployée. Eddie expliqua alors à Ophelia la seconde recommandation de Poulain et le message laconique qu'elle aurait à faire passer au domicile de Borges-Coutinho, lâchant ainsi les fauves sur Gonzales.

– J'ai appelé Suñer à vingt heures trente. Tu appelles maintenant Borges. Suñer a eu trois heures trente d'avance pour tenter d'évacuer Gonzales de l'hôpital. Il a eu sa chance. À toi maintenant de boucler la destinée du comateux. C'est dans l'ordre des choses, même si c'est tordu et déplorable.

– On entendra la musique en fond.

– Pour un vendredi soir, ça n'apporte guère d'indices.

Ophelia composa le numéro. Borges-Coutinho répondit dès la première sonnerie. Elle maquilla sa voix et ânonna son court message, puis raccrocha sans se préoccuper d'une quelconque réponse. Edmond se frotta les mains :

– *Alea jacta est.* La fourmilière va être en ébullition. Borges va envoyer quelqu'un à Dona Estefânia ou – qui sait – venir lui-même, pour « débrancher » Gonzales. À moins que Suñer, plus futé, n'ait trouvé le moyen de l'embarquer vers une planque plus sûre.

Le jeune homme plongea son regard dans celui d'Ophelia, comme il s'était entraîné à le faire avec Brisbane Bornéo, et la jeune fille cligna suavement des paupières. Ils s'embrassèrent alors majestueusement, envolés tous deux dans un baiser qui n'en finissait pas, indifférents aux éventuels témoins. Lorsqu'Edmond reprit contenance, il vit un seau à champagne avec sa bouteille ouverte et son torchon autour du goulot, ainsi que deux flûtes en cristal.

– Que veut dire ?...

– L'établissement vous offre le champagne à vous et

votre amie, monsieur. Il y a plus d'un an que personne n'a vu ici un baiser aussi passionné. À la santé des amoureux, donc, et excusez notre indiscrétion, mais ça faisait vraiment plaisir à voir.

Edmond songea qu'en France, pour la même chose, le patron aurait appelé la brigade des mœurs ou gueulé : « Si vous voulez faire ça, y'a des trottoirs pour ! » Lisbonne avait bon esprit, encourageait les gouzis-gouzis et la démographie sans aucune préoccupation morale ou cul-bénite. Eddie décerna un bon point supplémentaire à la Ville Blanche.

30

La matinée les cueillit entremêlés sur une largeur de quatre-vingt-dix centimètres, une jambe pendant d'un côté, et un bras comme une canne à pêche de l'autre. Edmond dormait le nez enfoui dans la chevelure étale d'Ophelia. Celle-ci en s'éveillant leva délicatement la tête et ses fins cheveux glissèrent comme un voile le long de la joue d'Eddie qui restait au royaume de Morphée. Le visage penché comme sur de l'eau dormante, la jeune fille contempla ce trophée humain, fragile et momentané dans sa nudité insouciante d'homme évanoui. Du bout des doigts elle poussa l'épaule assoupie qui retomba sur le lit en un mouvement lourd mais gracieux et délié.

– Réveille-toi. Il est plus que temps, dit-elle en sourdine.

Eddie ouvrit une paupière, fine pièce mobile d'un grand puzzle, et son œil se posa aussitôt sur le visage d'Ophelia, et l'œil sourit en une petite flamme ardente et vivace qui entraîna presque aussitôt l'éclosion des lèvres.

– Je suis certain qu'il est trop tôt

– Erreur. Si nous voulons aller voir monsieur Chostakovitch à Belém, il nous faudra toute une grande journée pleine de soleil et de chants d'oiseaux.

– Je n'entends que le ferraillement des tramways et... le ciel est blême et couvert.

– C'est la couverture matinale qui fond tous les jours à midi, tu le sais bien.

Edmond se mit sur son séant, Ophelia s'éloigna au bout du lit comme dans une chorégraphie parfaite. Il questionna :

– Y a-t-il des magasins de disques ou des lieux ou l'on passe du classique à Belém ?

– Ça, je l'ignore tout à fait, n'écoutant aucune sorte de « grande musique ».

– Bon. Ne fais pas comme les petits bourgeois qui appellent « grande musique » la musique qu'ils ne comprennent pas qu'on puisse écouter sans se faire chier.

– Tu exagères !

– Parfaitement : sans se faire chier. Et c'est un euphémisme.

– C'est quoi, Onc' Donald, un « euphémisme » ?

– C'est une circonlocution mesurée.

– Ce qui signifie ?

– Au lieu de dire « elle est obèse » on dit « elle n'est pas maigre », voilà un euphémisme.

– C'est qui, Onc' Donald, Chostakovitch ?

– C'est un compositeur soviétique du xxe siècle. En français, le « Sh » se prononce avec un « C ». Mais certains prétendent qu'il faut utiliser un « S ». Ce qui emmerde les vendeurs pour le classement.

– J'imagine qu'il était persécuté par le pouvoir ?

– Eh bien figure-toi que pas du tout, ou seulement un peu. Pourtant c'était de la musique contemporaine.

Mais en rajoutant par-ci par-là des flonflons martiaux, Staline appréciait tout à fait, enfin « tolérait ». Précisons que c'était à peu près le seul grand compositeur qu'ils avaient sous la main, alors il leur a bien fallu le ménager : la culture est un moyen de propagande politique comme un autre.

– Ça a fait comme Salazar avec l'art abstrait, alors ?

– Voilà. Les tyrans ont parfois du vague à l'âme, comme toute créature monstrueuse qui se respecte et ne respecte pas les autres.

– Alors ceux qui ont fabriqué les rébus, ont eu, pour l'un d'eux, du vague à l'âme ?

– Je ne vois pas ça dans cette optique.

– Quel est ton avis alors ?

– Il n'y a pas plus de diffusion de Chostakovitch à Belém que de beurre en branche. C'est l'avant-dernier rébus : « on » veut vraiment compliquer les choses. Il va falloir s'attendre à un coup bien tordu, bien ambigu.

– Je suis moins pessimiste. L'évidence nous crèvera les yeux et il n'y aura plus à douter.

On allait à Belém, village à l'ouest de Lisbonne, en prenant la ligne 15 de tramway qui passait à l'entrée du Terreiro do Paço, avec de multiples autres lignes. Edmond et Ophelia arrivèrent sur place à dix heures trente. Il y avait un abri dans lequel on pouvait attendre le tram 15 qui passait environ toutes les vingt minutes. Quelques Lisboètes endimanchés attendaient eux aussi pour se rendre dans ce petit bourg à la célèbre tour manuéline sur le Tage, que les hippies – sous l'impulsion de Mick Jagger – avaient mis à la mode au milieu des années 70.

Le tram 15 arriva. C'était un modèle ultramoderne avec une allure de micro-TGV, aux coloris bleu vif et jaune citron, et où une pub déroulait une grande photo de Claudia Schiffer sur tout le flanc du tramway. Le double wagon à soufflet passa d'abord par Cais do Sodré, puis rejoignit l'avenue du 24 Juillet, interminable le long des docks. Enfin il y eut un embranchement avec l'avenida da India, on passa sous les gigantesques piles du pont du 25 Avril et de larges fresques révolutionnaires défraîchies apparurent avec les portraits de Marx, Engels et Lénine, accompagnés de moult drapeaux rouges et slogans victorieux s'achevant par d'obsédants points d'exclamation.

– Des traces de l'Atlantide? demanda Edmond.

– Il y a eu une révolution dans ce pays en 1974, au cas où tu l'ignorerais encore.

– Un ami de Paris m'en a vaguement parlé : la Révolution des Œillets. Je n'étais pas né.

– Moi non plus, figure-toi, mais mes parents l'ont bien connue pour y avoir participé. J'ai eu droit aux mémoires d'anciens combattants.

– Ne tirons pas sur une ambulance.

– Où la croix rouge est remplacée par une étoile rouge...

– Essaye de résumer l'épopée pour voir?

– Caetano succéda à Salazar au début des années soixante-dix. Les guerres coloniales de l'Angola et de la Guinée-Bissau saignaient moralement et matériellement le pays. Antonio de Spinola, un ancien de l'Armée d'Afrique, publia un livre dérangeant : *Le Portugal et son avenir*, qui mettait au rencard les théories salazaristes.

– Théories monétaires et morales?

– Oui. Alors l'armée se souleva en bloc, ce fut le MFA ou Mouvement des Capitaines. Le putsch gauchiste éclata dans tout le pays mais surtout à Lisbonne, le 25 avril 1974 à zéro heure trente précise. Chanson de ralliement, *Grandola Vila Morena* passait à la radio entrecoupée de messages insurrectionnels et de communiqués de victoire.

– Comme ça ? Comme une fleur ?

– Comme des dizaines de milliers de fleurs. Des œillets rouges que la population offrait aux soldats mutins. On saccagea le siège de la PIDE, la redoutable police politique. Une dictature de quarante-huit années s'écroula en dix heures !

– Un peu conte de fées, non ?

– Tout à fait. Les soldats créèrent des Soviets, sur le modèle de 1917. Des Conseils ouvriers s'instaurèrent en même temps que l'autogestion totale des moyens de production du pays. Bref, le rouge très rouge. Mais pas à la Castro. Plus soft, un peu communard.

– La Commune de Paris a très mal fini.

– Ici, ça dura à peu près un an, c'est beaucoup. L'élection du 25 avril 1975 donna 38 % des voix au parti socialiste de Mario Soares. Mais les « révolutionnaires » ne s'inclinaient pas et on frôla la guerre civile. Jusqu'au 29 août, où le MFA finit par éclater. Soares put alors prendre la tête du gouvernement. En septembre 82, le Conseil de la Révolution qui ne jouait plus qu'un rôle folklorique fut dissous. Le Portugal s'aligna sur la France socialiste.

– Rien de bien révolutionnaire en effet.

– Enfin en 87, le PSD de centre droite arriva au pouvoir avec Cavaco Silva, un jeune monsieur à l'air triste. Tout était fini pour de bon. Le néo-libéralisme triompha.

– Circulez, y'a plus rien à voir.

– Restent ces fresques, Edmond. Elles font battre le cœur des « vieux » révolutionnaires qui forment à présent l'intelligentsia un peu pantouflarde, qui crie parfois au loup et conserve une certaine vigilance.

– La révolution du 25 avril a marqué les gauchistes français.

– À ce point ?

– Ils pensaient que toute l'Europe allait à nouveau s'embraser et refaire 1968. Ils ont dû déchanter.

– Nous avons fait 68, six ans après mais au lieu d'un mois ça a duré un an, parce que l'armée a basculé.

– En France, de Gaulle a failli envoyer les tanks contre les étudiants et les ouvriers.

– Pourquoi ne l'a-t-il pas fait?

– C'était définitivement ruiner tout son prestige de « sauveur de la France ». L'idée que l'armée puisse basculer à l'extrême gauche est typiquement lusitanienne, je trouve.

– En tout cas, nous voici arrivés à Belém, Eddie.

Ils descendirent le long d'une avenue qui, un peu plus loin, menait à la rue unique du village de Belém. Sur la gauche et jusque dans les lointains, s'étendait un grand parc avec de multiples bancs et allées qui longeaient le Tage jusqu'à la Torre de Belém, un peu engagée dans le fleuve, sentinelle guettant toujours l'arrivée désormais improbable de caravelles et de galions chargés de fabuleux trésors : épices, tissus, pierres et métaux précieux. Un peu avant, monolithe sculpté représentant une foule de héros aux noms célèbres, était le Monument des Découvreurs, lui aussi sur le rivage du large fleuve devenant estuaire.

Ils furent rua de Belém, avec ses petites maisons d'un étage et son allure balnéaire. Au-delà se trouvait la longue barre de pierres blanches du monastère-nécropole dos Jeronimos, passé par la rue du même nom qui remontait vers le quartier de Restelo. Sur la gauche de la rua de Belém, deux pâtés de maisons, séparés par la travessa das Linheiras et ses terrasses de café, finissaient de l'autre côté par la rua Portuense emplie de restaurants dont l'alignement de terrasses voisinait directement avec les pelouses du parc. Ce côté du village était très touristique et dévolu à l'art culinaire. De l'autre, quelques magasins et la fameuse Pasteis de Belém, fondée en 1837, pâtisserie-bar située dans les anciens bâtiments d'un monastère, aux labyrinthiques salles intérieures décorées d'*azulejos* du XVIIe siècle, et où se grignotent les *pastéis de nata* agrémentés d'un porto de bon millésime, qu'on peut même emmener en petite ou moyenne bouteille.

– Belém veut dire Bethléem, précisa Ophelia. C'est d'ici que partit Vasco de Gama pour découvrir les Indes. C'était l'endroit où s'embarquaient les grandes expéditions. Aujourd'hui, c'est une soupape de verdure pour les Lisboètes stressés. Au temps du « flower power », c'était assez couru.

Ils prirent la rua Vieira Portuense, avec ses façades donnant sur le parc, ses quelques boutiques d'artisanat babaïsant et ses nombreux restos se dorant au soleil, dans une attachante ambiance de farniente.

– Le plus beau est le coucher de soleil sur le Tage avec devant, la tour de Belém. On s'imaginerait quelque part dans un comptoir mauritanien.

– Rien de soviétique ni de Chostakovitch dans tout ça, fouinons ailleurs pour trouver un indice.

– Le contact a lieu à quelle heure ?

– Dix-sept heures dix précises.

– Il ne nous reste pour l'instant qu'à déjeuner.

– Une minute !

– Quoi ?

– Parmi les types qui descendent du tram, là-bas. Le grand à calvitie. C'est Borges-Coutinho. Oui, c'est bien lui !

– Que faire ?

– Nous planquer bien profond et n'en pas bouger.

– Entrons à la Pasteis de Belém, cachons-nous dans un recoin. Montre-le-moi clairement avant.

– Tiens. Le type à moustache et veste verte qui traverse derrière les deux taxis.

– Vu !

– Évanouissons-nous dans la nature maintenant.

– Entre là et suis les couloirs jusqu'au fond. Une fois assis à une table, arrange-toi pour tourner le dos au passage des clients. Tiens un guide en mains pour t'y plonger au besoin. Personne ne doit voir ton visage, personne.

31

Deux heures à planquer contre un mur. Ophelia dévisageait tous les passants. La tension commençait à baisser. Et puis, soudain, ce fut lui : Borges-Coutinho. Il s'était immobilisé juste derrière Eddie, regardant Ophelia qui reporta son regard sur Edmond et essaya muettement d'y faire passer le message de grande alarme. Mais son intonation visuelle fut très mal comprise par Eddie qui fatiguait et déprimait. Il se retourna.

Borges et lui se dévisagèrent. Un sourire carnassier inonda le visage de l'inspecteur de police.

– Benakem ! À Belém ! En charmante compagnie !

– Bon... bonjour inspecteur.

– Vous ne me présentez pas ?

– Tia Maria, une amie. Tia, l'inspecteur Borges-Coutinho.

– Enchantée, inspecteur. Edmond a commis un délit ?

– Ab-so-lu-ment pas. Nous nous connaissons pour de plus pacifiques raisons. Alors, Benakem, rien de neuf à me dire depuis une semaine ?

– Vraiment non. Tout se passe bien.

– Vous voyez. Ils vous ont déjà oublié. Mais pas nous.

– Ah? Vous êtes sur une piste?

– Oh! Une affaire malheureuse. Mauvaise manipulation hospitalière. Un des leurs, dans le coma, vient de décéder des suites d'une erreur de ventilation de l'équipe de nuit. Notez bien qu'un acte criminel n'est pas à exclure, non, pas à exclure. Voyez, ils ont donc fort à faire entre eux.

– J'ai toujours l'émetteur. Mais rien à signaler.

Borges tapa doucement dans le dos d'Edmond.

– Allez Benakem, bonne continuation, à vous et à mademoiselle Tia Maria. Devriez sortir au soleil. Je viens de déjeuner rua Vieira Portuense et m'en retourne en ville. Dommage, nous aurions pu déjeuner ensemble.

– Dommage en effet, inspecteur.

– Adeus Benakem. Gardez l'œil ouvert tout de même.

Le ripou s'éloigna avec nonchalance vers la sortie de la pâtisserie. Ophelia le suivit des yeux.

– Il est treize heures cinquante, murmura Eddie. Depuis combien de temps sommes-nous coincés ici?

– Ça va faire bientôt deux heures, répondit en sourdine Ophelia.

– Dans un quart d'heure, il sera reparti pour Lisbonne. Nous sortirons. Ici, désormais j'étouffe.

Ils quittèrent la Pasteis où ils avaient bu un certain nombre de verres pour tuer l'angoisse. Dehors, le soleil les électrochoqua un instant mais la chaleur leur fut bénéfique. Ils sortaient d'un tombeau.

– Tu devrais informer Y5P5, suggéra Ophelia.

– Je vais le faire. Trouvons un restaurant, d'abord.

Ils s'installèrent à l'accorte terrasse du Cais de Belém, au 64 rua Vieira Portuense. Ophelia se mit en débardeur et Eddie admira ses tendres épaules, au grain de peau si délicat et pâlide, mis en valeur par les blés d'or de sa chevelure.

– Ophelia, tu me...
– Va téléphoner. Je te trois petits points, ensuite.
Edmond entra dans le restaurant, demanda le téléphone, on lui répondit en français. « Il faudra que je parle tout bas », s'intima le reporter. Il composa le numéro de Poulain. Huit sonneries, il s'apprêta à raccrocher. À la fin de la neuvième, on répondit :
– J'allais sortir. C'est urgent ?
– Poulain ? C'est Benakem. Je suis à Belém. J'y ai rencontré Borges-Coutinho. Il m'a appris la mort de Gonzales.
– Effectivement. On l'a retrouvé « débranché » ce matin. La mort remonte au milieu de la nuit.
– Pourquoi m'a-t-il dit tout ça ?
– Il vous soupçonne d'avoir été contacté par les Services Spéciaux. D'autre part, il semble qu'une partie de la « Procédure d'urgence », mais très incomplète, ait été extorquée à Luisa par un traitement au Penthotal. Elle n'a pu livrer que des bribes très informelles. Le mot « Belém » devait être dans le lot. Borges n'est pas venu là par hasard.
– Alors pourquoi ne m'a-t-il pas arrêté ?
– Il le fera peut-être bientôt. Ne rentrez pas à votre hôtel ce soir, prenez-en un autre. Finissez le dernier rébus. Ne circulez pas trop en évidence et appelez-moi à dix-huit heures trente demain comme convenu.
– Je ferai comme vous avez dit.
– Ne gardez pas les microfilms sur vous.
– Ils sont chez la fille que vous avez vue avec moi lors de notre rencontre.
– Gardez le moral sur la dernière longueur. C'est sur le sprint final qu'ils vous attendent pour vous faire trébucher.
– Borges a vu aussi mon amie.
– Alors planquez-vous séparément ce soir. Qu'elle rentre chez elle bien sagement.

– Elle va flipper.

– Non, je la connais. C'est une fille fabuleuse et débrouillarde. Vous n'auriez pas pu tomber mieux, croyez-moi.

Sur cette apologie grand format d'Ophelia, Poulain raccrocha et Eddie en fit autant. Il retourna vers la terrasse, mains dans les poches et tête basse. La jeune fille le bombarda de questions. Après un lourd silence, Edmond consentit assez froidement à répondre.

– Ils travaillent Luisa avec des sérums de vérité. Des bribes de la procédure se font jour. Borges n'était pas là par hasard. Je dois trouver un autre hôtel pour cette nuit. Poulain pense que Borges va chercher à me cueillir ce soir au Lisboa Tejo. Ce soir, tu rentres dormir chez toi.

– Et où vas-tu coucher?

– Dans un hôtel discret et passe-partout. Ce ne sera que pour une nuit. Le lendemain soir, l'affaire explosera.

– Où nous retrouverons-nous?

– Dans les jardins de la Fondation Gulbenkian vers onze heures trente. Nous déjeunerons avenida da Berna, c'est très isolé et excentré, à midi au restaurant Oh! Lacerda! ou au petit snack à côté. À quatorze heures vingt-deux, je devrais être à la York House et toi sur le Rossio pour la récupération finale.

– Le timing sera juste.

– Je veux élargir les itinéraires pour identifier d'éventuelles filatures : demain, nous serons dans la marmite du diable; l'étau se resserre et chacun entend décrocher le gros lot.

– Ne sois pas assez STUPIDE pour te faire tuer pour cette fille, Edmond.

32

Edmond et Ophelia se trouvaient à présent sur les dents. Ils avaient cherché en vain de par tout le bourg de Belém, un café, un restaurant, ou un magasin susceptibles de diffuser de la musique classique, et de la musique classique soviétique. Sur les sonnettes d'entrée des maisons particulières, ils avaient traqué les noms russes. Enfin, à toute voiture qui passait musique au vent, Eddie avait systématiquement tendu l'oreille pour saisir des bribes symphoniques, aux accords spécifiquement chostakoviens. Ils en étaient à lire les inscriptions sur les tee-shirts des week-endistes lorsqu'Ophelia avisa sur un trottoir un vendeur de décorations militaires et de pin's qui déployait sur des cadres en velours sa marchandise épinglée.

– Tiens, Eddie, voici des badges phalangistes espagnols, royalistes, communistes, soviétiques, des croix portugaises...

– Qui ressemblent à des croix de fer nazies, merci.

– Ces croix étaient cousues sur les grand-voiles des caravelles.

– N'empêche qu'en France, elles feraient très mauvais genre.

– Il y a aussi des badges commémorant le 25 avril. C'est une main verte et rouge qui fait le V de la victoire.

Intéressé, Edmond se pencha sur l'éventaire.

– Et ce minuscule pin's doré qui semble représenter la tête de Staline. Est-ce bien lui au moins?

Ophelia questionna le marchand. Elle blêmit violemment lorsque celui-ci répondit.

– Il... il dit que c'est un compositeur russe.

– Mais encore? déglutit soudainement Edmond.

– Il... il pense qu'il s'appelle Dobarovitch ou Prokafiov.

– Chostakovitch ne lui dit rien?

– Il... il affirme que tu as trouvé le nom juste et il en est très content pour toi.

– Demande-lui si ce pin's ne s'achète pas à dix-sept heures dix, par hasard.

À la question traduite, le camelot sourit malicieusement et toisa le jeune homme, puis répondit à Ophelia.

– Il dit que ce pin's s'achète TOUJOURS à dix-sept heures dix et qu'il ne le vendrait pas à quelqu'un ignorant ce détail.

– Il n'est pas encore seize heures, reprit Edmond. Demande-lui ce qu'il ferait s'il était très exactement dix-sept heures dix.

À la question, le marchand élargit encore plus son sourire. Il décrocha le minuscule pin's doré, le fit rutiler au soleil comme une pépite, lissa d'un doigt sa moustache et le fit tomber dans un paquet flasque de SG Gigante rouges qu'il tendit à Edmond.

– Chostakovitch, bela alma! 500 escudos por favor!

Le jeune homme plongea son regard dans celui du vendeur, impassible derrière ses yeux rieurs et prit le paquet de cigarettes qu'il glissa dans sa poche avant d'en sortir un billet. Il le tendit au « contact » qui remercia d'un sec petit signe de tête. Le marchand – comme pour couper court – se tourna aussitôt vers un autre amateur, un garçon vêtu de gris à la coupe de cheveux paramilitaire, qui montrait du doigt un aigle argenté déployé, au-dessous duquel ne manquait que le svastika.

– D'étranges clients, signala Edmond.

– Tu peux parler, stalinien.

Et le couple s'éloigna sur cette volée de ping-pong idéologique, Eddie tâtant le désormais sempiternel container d'acier à travers le papier d'emballage, et dans lequel gisait un précieux microfilm.

33

Rentrés à Lisbonne, les deux jeunes gens décidèrent de remonter jusqu'au Brasileira pour faire le point de la situation devant un verre. Mais arrivés au susdit café il n'y avait pas place, fût-ce pour une tête d'épingle. L'établissement était pris d'assaut, en ce jour tout ensoleillé. Ils se rabattirent donc sur la plus humble brasserie Trevo toute proche où ils trouvèrent sans peine une table libre. Edmond et Ophelia s'assirent côte à côte, l'une devant un thé, l'autre devant une Sagres pression. Ils bavardèrent sur la baraka qui, finalement, s'était trouvée au rendez-vous de Belém, sous l'aspect d'un discret vendeur de pin's stalino-fascistes. Leur souci actuel était à présent l'ultime rébus du lendemain, Eddie pariant toujours sur la York House et Ophelia sur la guimbarde jaune.

– Faisons un tour. Les idées viennent en marchant.

– Tu crois ça ?

– Absolument. Cette ville m'a rendu dromomane gyrovague.

– En français, Eddie, please !

– Dromomane signifie « atteint de la maladie de la marche à pied ». Et gyrovague « qui se déplace en formant des cercles ». C'était bien la maladie de Pessoa.

Ce petit cours de linguistique les mena rua do Loreto, toute proche, qu'ils remontèrent sur trente mètres, avant de s'arrêter l'un et l'autre comme frappés par la foudre. Sur le trottoir de gauche, au-dessus d'une vitrine de magasin de layette, était perché l'avant d'une vieille voiture jaune qui semblait sur le point de bondir dans la rue. Elle pendait là-haut avec ses roues, sa calandre, ses phares, son capot et son pare-brise, éternellement stoppée dans sa course surréaliste, illuminant toute la rue de son jaune vif. Edmond s'approcha de la « chose » pour lire la marque de l'engin. « Olympe » était le nom. Il fut sévèrement ébranlé. Ophelia, elle, devint enthousiaste :

– Ça ne fait plus guère de doute maintenant, non?

– Ça correspond en effet à merveille au rébus. Un peu trop même, je trouve. C'est peut-être un leurre.

– Au contraire, c'est clair comme de l'eau de roche, comme vous dites. C'est ici et voilà tout.

– Possible. Trop évident. Demain, je serai quand même à la York House, un pressentiment.

– Eh bien moi, je serai ici et pas ailleurs. Voilà.

– N'oublie pas qu'on attend un homme.

– Je mettrai une fausse barbe.

– Sérieux.

– Je trouverai un type, n'importe qui de passage.

Edmond hocha la tête d'un air de doute. La jeune fille lui lança un regard entêté puis lui tira la langue.

– Je crois qu'il vaut mieux m'en aller, Ophelia.

– Tu fais la tête? demanda-t-elle plaintive.

– Je vais à mon nouvel hôtel de planque, comme Poulain l'a conseillé vivement.

– Où pourra-t-on te joindre, monsieur l'exilé?

– À la Pensão Sevilha, praça da Alegria, à côté d'un commissariat.

– Voisinage rassurant dans un coin un peu louche.

– Tu connais le quartier?

– Tout Lisbonne sait que c'est le coin des putes. Les touristes s'y font régulièrement dépouiller.

– Je ne sortirai pas de ma chambre.

– Sois-y à minuit : c'est l'heure du crime...

Et sur ces paroles, Ophelia embrassa Eddie sur la joue, puis le quitta sans se retourner, marchant à petits pas pressés et tournant bientôt le coin de la rue pour disparaître brutalement. Edmond se gratta la tête en se retrouvant bien seul et bien isolé, avec une triste soirée en perspective, ultime entracte avant le saignant dernier acte. Enfin, il se décida à arpenter en flânant la rua da Misericórdia. Arrivé en haut, il descendit à droite la calçada da Gloria d'où se dégageait une vague atmosphère douillette de province, avec ses chiens dormants et ses vétustes pas de portes où parfois un vieillard prenait le soleil du soir. À mesure qu'il approchait de la praça da Alegria, il aperçut quelques dames stationnaires qui le dévisagèrent d'une manière étrange. Il en vit une bonne douzaine du même acabit dans une rue à droite qui descendait vers l'avenue.

Il arriva sur la petite place circulaire qui penchait elle aussi vers l'avenue et avait en son centre des arbrisseaux et des massifs floraux un peu pouilleux. Le commissariat était en piteux état. À côté, la façade blanche de la pension tranchait agréablement. Il entra dans un hall modeste et trouva la réception. L'employé – qui devait être le patron – s'avéra cordial et parlait le français. Il ne restait malheureusement plus qu'une chambre sans fenêtre, ce qui, à l'avance, déprima Eddie. Mais ceci étant temporaire, il accepta sans regimber outre-mesure. On ne le questionna pas sur son absence de bagages, sans doute soupçonnait-on qu'il venait là pour une nuitée avec une dame du quartier. Cette fausse position le fit rire intérieurement : il était bien temps de songer à la bagatelle!

Dans sa chambre-sépulcre, oppressante avec ses quatre murs pleins, Edmond resta une longue heure allongé sur un lit trop dur, contemplant l'ampoule crue du plafond qui pendait nue. C'était là un « dormoir » réduit à sa plus simple expression. Du moins n'y avait-il qu'à surveiller la porte, munie d'un verrou-taquet à moitié branlant. Un coup de pied et tout volait en éclats. Il s'était fait enregistrer sous le nom de Dantès :

J'aurais pu aussi bien dire Sinbad le Marin.

34

Edmond s'endormait péniblement dans sa chambre aveugle, lorsqu'il entendit gratter à la porte. Il se dressa, immobile, dans l'obscurité. Son cœur battait la chamade, il chercha le revolver sous l'oreiller :

– Qui... qui est là ?

– C'est moi.

– Qui... qui « moi » ?

– C'est la pauvre Ophelia.

– Tu es complètement folle.

– J'ai froid. Ouvre.

Edmond se précipita vers la porte, alluma la lumière, débloqua le verrou et entrouvrit. Ophelia se glissa dans l'entrebâillement. Elle était vêtue d'une mini-jupe moulante, d'un tee-shirt bleu copieusement échancré et d'un petit gilet en laine grise. Ainsi vêtue, elle passait, avec son minuscule sac à main, pour une très jeune *prostituta* de la rua da Gloria, escarpins rouges aux pieds.

– Comment tu me trouves ? C'est chic, non ?

– Ça donne un certain genre. Ça peut plaire.

À petits coups de paume, Ophelia poussa Eddie en arrière jusqu'à ce qu'il retombe sur le lit, où il se laissa choir.

– J'ai pensé que c'était peut-être la dernière nuit...

Ophelia avait enlevé son gilet en deux gestes.

– Alors je suis venue...

Elle tortilla des hanches et fit glisser sa mini. Une culotte blanche, version Petit Bateau, apparut éblouissante.

– ...profiter à tout hasard...

Son tee-shirt vola par-dessus sa tête et embrouilla toute sa chevelure dont les boucles lui collaient au visage.

– ...des derniers vestiges de ta virilité.

Un doigt de chaque côté de la culotte détira l'élastique et celle-ci tomba inerte à ses pieds. Ophelia n'avait plus sur le corps qu'un fin collier terminé par une minuscule médaille de Fatima, et une rose fleurissait à chacune de ses joues, vers lesquelles montait un sourire sucré.

– Ne reste pas dans les courants d'air, répondit Edmond.

En un bond, la jeune fille fut sous les couvertures, et les peaux fraîches et chaudes s'entrecroisèrent jusqu'à une ébullition commune qui dura plus longtemps qu'il ne faut pour court-bouillanter la plus dure des bêtes à carapace, et pour faire évaporer un mètre cube de glace à la papaye.

La visiteuse de minuit avait disparu aussi mystérieusement qu'elle était apparue. Après leurs étreintes, Edmond s'était assoupi, et à son brusque réveil, vers deux heures trente, il se trouva absolument seul, à croire qu'il avait tout rêvé de bout en bout. Seul un petit papier griffonné optait en faveur de la réalité. Il put lire :

Rendez-vous à 11h30 dans les jardins de la Fondation Gulbenkian, mon gentil prisonnier.

Ta geôlière

Eddie embrassa le feuillet déchiré et se rendormit, un sourire sur les lèvres, d'un lourd sommeil réparateur.

À onze heures vingt, ce dimanche, il arriva pas rasé au lieu du rendez-vous dans le nord de la ville. Les jardins entourant la Fondation – construction moderne et basse – étaient peu étendus mais agréables à parcourir. Ophelia attendait sur un banc, lisant un livre, dans l'espace dallé qui côtoyait le musée. La jeune fille sauta au cou d'Eddie qui la serra contre lui.

– Personne ne t'a suivie?

– Et toi?

– Pas que je sache. J'ai pris un taxi.

Ils bavardèrent en un long murmure, puis coupèrent à travers le jardin jusqu'à l'avenida da Berna, avenue périphérique où passaient de rares automobiles. Le restaurant Oh! Lacerda! ne payait pas de mine à l'extérieur au point qu'il leur sembla fermé. Ils poussèrent la porte et entrèrent dans une salle étrange qui évoquait un refuge de montagnards dans les Alpes ou les Pyrénées. Le patron moustachu semblait se réjouir de la venue de ces uniques clients qui devaient être un présent du ciel ou des lecteurs du Guide du Routard. Ils mangèrent du bout des dents et sans guère parler, Ophelia ayant fait remarquer en préambule qu'il valait mieux ne pas avoir trop de nourriture dans l'estomac au cas où l'on prendrait une balle dans le ventre, ce qui glaça considérablement l'ambiance et éteignit toute velléité expansive de part et d'autre. Le patron en parut fort marri. « Encore un couple sur le point de rompre », songea-t-il avec mélancolie.

À treize heures trente, Edmond montait dans un taxi pour la York House, après avoir fixé rendez-vous pour quinze heures trente à Ophelia chez Nicolá. De son côté, la jeune fille prit un second taxi pour le magasin de layette de la rua do Loreto. De telle sorte, chacun partait vaquer à ses propres affaires, persuadés l'un et l'autre que son objectif était le bon et le seul valable.

Ophelia n'avait pas eu de mal à se faire déposer, en taxi, praça Camões où aboutissait la rua do Loreto dans laquelle pendait la demi-carcasse de la voiture jaune. Bien vite, cependant, elle s'enfonça dans le Bairro Alto. Allant de bar en bar, elle cherchait un éventuel ami, un copain, voire une vague connaissance, l'important étant qu'elle soit du sexe masculin. Rua da Barroca, dans un bistrot pour papys, elle dénicha un grand garçon maigre, coiffé en catogan et tout de gris et noir vêtu, dans le style gothic-new wave, qui sirotait un demi en lisant le journal.

– Salut, Gil. Tu veux gagner deux mille escudos?

– Hu Ophelia. Ça dépend comment.

– Rien que de très simple et très honnête.

– Pas d'histoire de dope, hein?

– Tu sais que je touche pas à ça, Gil. Maintenant finis ton verre et suis-moi. C'est à deux pas.

Le couple arriva doucement rua do Loreto.

– Tu vois ce magasin avec la voiture jaune au-dessus?

– Qui ne l'a pas vu en passant par là!

– Dans dix minutes, à quatorze heures vingt-deux pile, tu demanderas une SG à la personne qui stationnera elle aussi devant.

– Et c'est tout?

– La personne te donnera tout le paquet. Je serai de l'autre côté de la rue pour vous surveiller. Ensuite, tu traverseras et tu me remettras discrètement le paquet. C'est tout.

– Une minute Ophelia. J'ai dit : pas de plan dope.

– Écoute Gil, tu connais Johnny? Un de ses faux amis me fait chanter. Il m'a photographiée embrassant Raul. Il menace de montrer le cliché à Jo. C'est le négatif que je récupère, là.

– Et pourquoi ne le fais-tu pas toi-même?

– J'ai fait négocier le rachat par un tiers, et c'est toujours un tiers qui doit récupérer le négatif, au cas où traînerait encore dans le coin un photographe.

– C'est vachement paranoïaque, ton truc, dis donc.

– Ne t'inquiète de rien et fais seulement comme j'ai dit.

Gil n'était pas le mauvais bougre, et au demeurant assez ramolli du bulbe par une consommation régulière de marijeanne – sauf qu'il fuyait les drogues dures comme la peste – et il dut estimer assez crédible l'argument d'Ophelia, laquelle avait une réputation de spécialiste de l'embrouille avec les garçons. Il récapitula péniblement dans sa tête ce qu'il devait faire, et alla s'adosser à la vitrine du magasin de layettes, d'un air absent.

À quatorze heures vingt, un quidam en blouson de cuir fripé et au pantalon pattes d'eph' s'arrêta lui aussi devant le magasin. Gil consulta sa montre avec une grande négligence. À l'heure précise, il demanda d'une voix traînante une clope à son voisin. Celui-ci esquissa un court sourire et sortit prestement un paquet de Gigante rouges. Un peu plus loin, de l'autre côté, Ophelia surveillant l'œil en biais, était sur le gril. Blouson-fripé glissa l'ensemble du paquet dans la paume de Gil, lequel resta béat, murmurant un merci étranglé. Blouson-fripé porta deux doigts à sa tempe, dans un demi-salut militaire, et s'éloigna vers la calçada do Combro avec une démarche en canard assez comique. Gil resta coi un instant, paquet en main, comme s'il tenait un détritus encombrant ; courbé, immobile. Ophelia le siffla brièvement. Il se secoua, glissa les SG dans son imper noir et s'achemina vers la jeune fille tandis que Blouson-fripé achevait de disparaître à l'autre extrémité de la rue, canardant toujours.

– Bon sang que tu es mou, Gil. Donne.

– Ta ta ta. Mes deux mille escudos.

– Tiens, prends et donne, Gil.

Billets et paquet suivirent un mouvement inverse. Ophelia palpa l'emballage et sentit la forme du container. C'était donc elle qui avait vu juste et, *in extremis*, avait sauvé l'affaire, malgré l'erreur d'analyse d'Edmond.

Gil contemplait ses deux billets en souriant d'aise.

– Ils t'ont fait « chanter » pour beaucoup, ces salauds ?

– Trente mille escudos.
– Johnny te coûte cher.
Ophelia fit un petit geste insouciant qui semblait clore toute l'affaire. Gil repartit dans le Bairro après avoir embrassé son amie et juré que là-dessus il serait muet comme une tombe. Ophelia, en descendant vers Nicolá, songeait malicieusement à ce qui devait être à l'heure actuelle le désappointement d'Edmond et son angoisse d'avoir raté la dernière manche. Elle était fière d'avoir redressé de son propre chef la situation, même si en faisant cela, elle avait d'une certaine manière contribué au sauvetage de « cette sale bonne femme ».

Ophelia se mit en terrasse. Eddie arriva en avance, les traits décomposés. Il se laissa choir sur son siège.
– Ils m'ont pris pour un cinglé ou un rat d'hôtel. J'ai vachement insisté. Je suis parti parce qu'ils allaient appeler les flics. Chou blanc. Et toi?
– Hé bien, je l'ai. Il est dans mon sac. J'ai payé un type pour la tractation qui s'est déroulée sans problème aucun.
– Ophelia tu es ma sauveteuse diplômée! Je reconnais tous mes torts et les dépose à tes pieds avec humilité. Maintenant demande-moi tout ce que tu veux.
– Tu dois contacter Poulain à dix-huit heures trente. Il nous reste trois heures. Je voudrais t'inviter chez moi. Je te présenterai à mes parents.
Edmond prit un air penaud.
– Ophelia, tout ça est très formaliste, très comme il faut. On dirait que tu as une idée derrière la tête...
– On ne sait pas ce qui peut se passer ce soir. Tout peut basculer on ne sait trop comment. En cas de malheur pour l'un ou l'autre, j'aimerais donner un tour un peu plus... officiel, à notre... relation.

– Mais c'est atrocement vieux jeu !

– À Lisbonne, nous conservons le respect de certaines convenances rétrogrades.

– Même vis-à-vis de parents d'extrême gauche ?

– Ce sont les plus puritains. Ils font un complexe. Alors tu veux bien, dis ?

– Je suis un parti très éphémère, tu le sais.

– Lisbonne est à deux heures d'avion de Paris.

Vaincu par une certaine curiosité, Edmond se laissa tenter. En général, il souhaitait connaître le cadre de vie de tous les gens qu'il aimait. C'était un réflexe de petit-fils de modeste marin sfaxois et de paysan d'Audierne. Ophelia habitait dans le Rato, rua Nova de São Mamede, tout près du jardin botanique, dans un immeuble du XIXe siècle, assez semblable à ceux d'Haussmann à Paris, sur tout le niveau du troisième étage. C'était un appartement immense, aux grandes pièces parquetées et lambrissées, aux murs immaculés sur lesquels se trouvaient des reproductions de toiles de Pollock, Warhol et Basquiat. De profonds canapés de vieux cuir, longs comme des pistes d'atterrissage, meublaient la pièce principale dont un mur était recouvert de livres en fouillis.

Une femme d'une quarantaine d'années, très gracieuse, assez élégante, un peu réservée, se leva pour accueillir Edmond. Ophelia rayonnait.

– Maman, dit-elle en français, voici un ami reporter auquel je fais découvrir notre ville.

– Vous avez là un précieux guide, jeune homme.

– Je suis très sensible à cette chance, répondit Edmond.

– Maman, je suis amoureuse de ce garçon.

Eddie devint cramoisi.

– Et que fais-tu de Johnny ? N'êtes-vous pas fiancés ?

– Maman, Johnny est un petit con de snob. Edmond

est plus beau, plus intelligent et plus spirituel que Johnny. Je veux épouser Edmond.

Eddie fut sur le point de tourner de l'œil.

– Ma fille, on ne se marie pas comme ça. Depuis quand connais-tu ce jeune... Français.

– Une semaine. Je veux être sa femme.

– Jeune homme, excusez ma fille qui est folle et qui veut faire une folie de plus. Elle est si jeune et inconsciente !

– Je ne dirais pas, madame, qu'elle soit inconsciente, loin de là. Mais parfois emportée, oui.

– Quoi qu'il en soit, soyez le bienvenu. Ophelia, tu peux aller bavarder dans ta chambre avec ton ami.

– Bien maman, nous discuterons du mariage.

– Petite évaporée !

Ophelia avait une grande chambre où des éléments 1900 voisinaient avec des objets post-modernes, tout cela se superposant harmonieusement, délivrant ce qu'il faut de nostalgie et ce qu'il faut de vitesse. Eddie s'assit sur le lit, un bahut campagnard haut, large et lourd, tout en bois et en plumes.

– Ce lit vient de France, signala Ophelia. Il pourrait y retourner, je crois.

– Arrête cette comédie ridicule, on tourne en rond.

Edmond la considéra d'un air triste. Elle se redressa sur sa chaise et soutint son regard. Il se détourna vers la petite bibliothèque. Il y vit des livres en français de la collection Pléiade, dont *Le Comte de Monte Cristo* qu'il prit et ouvrit au hasard. Il se contenta de lire à haute voix le passage sur lequel il était incidemment tombé :

« *Il y a une touchante coutume arabe qui font amis éternellement ceux qui ont partagé le pain et le sel sous le même toit.*

– Je la connais, madame, répondit le comte, mais nous sommes en France et non en Arabie, et en France, il n'y a pas plus d'amitiés éternelles que de partage du sel et du pain. »

Un silence suivit. Ophelia regarda fixement Edmond. D'une main, elle joua nerveusement avec une mèche de cheveux, puis la main retomba sur sa cuisse comme un petit oiseau mort, et elle éclata en sanglots étouffés.

35

La crise nerveuse était à peu près passée. Eddie avait fait prendre à Ophelia un demi-Lexomil, anxiolytique efficace. Elle était allongée sur le lit et il lui caressait doucement la tête tandis que, d'une main brûlante, elle effleurait son cou à lui. Ils ne parlaient ni ne se regardaient mais tous deux pensaient à des choses graves. La lumière glissait amortie à travers les stores blancs de la haute fenêtre et les baignait dans une délicate atmosphère. Le silence était rythmé par le tic-tac d'un gros réveille-matin chromé sur la table de nuit, entouré de bagues et de bracelets en perles fausses. Edmond regarda le cadran et vit que l'après-midi touchait à sa fin.

– Tu peux te lever et marcher, petite ?

– Oui, je crois que ça ira maintenant.

– Il va falloir téléphoner à Poulain.

– Pas ici, l'appareil est dans le salon et ma mère y est. Une promenade me ferait du bien. Redescendons jusqu'au Brasileira, je boirai un brandy.

Ophelia se releva comme si tout allait bien à nouveau. Mais elle tituba.

– Je file me rafraîchir dans la salle de bains, puis nous pourrons partir sans problème.

Pendant son absence, Edmond reprit *Le Comte de Monte Cristo.* Une seconde fois, il lut au hasard :

« *Vous venez de dire, je crois, que je n'avais rien à faire. Voyons, par hasard, croyez-vous avoir quelque chose à faire, vous, monsieur? Ou, pour parler plus clairement, croyez-vous que ce que vous faites vaille la peine de s'appeler quelque chose ?* »

D'une main, Eddie referma le livre qui claqua comme un clap de cinéma signalant le « on tourne » d'une scène. Ophelia reparut, sereine, dans l'encadrement de la porte, sa démarche assurée. Ils quittèrent la chambre puis l'appartement, se tenant par la main. Sur le palier, l'ascenseur fut long à venir.

Ils descendirent lentement la longue rue qui menait du Rato au Chiado. Les épaules d'Ophelia frémissaient imperceptiblement malgré la chaleur du soir. Arrivés vers le mileu de la rua da Misericórdia, Eddie entendit un crissement de pneus à leur hauteur. Il tourna la tête en même temps qu'Ophelia et, comme elle, vit en un éclair une vitre se baisser et un noir canon de pistolet-mitrailleur apparaître, tendant sa vilaine gueule. Ophelia cria et, instinctivement, fit de son corps un rempart à celui d'Edmond. Une rafale de cinq coups aboya brièvement, le canon disparut et l'auto – une limousine noire – bondit en avant, plongeant dans la rua do Alecrim comme si un abîme s'ouvrait sous ses roues et en moins d'une minute disparut loin en bas, filant sur Cais do Sodré.

Ophelia ploya comme une tige sous la bourrasque et Eddie la ressaisit par la taille, sentant sur sa main quelque chose de poisseux et de chaud. La jeune fille pivota sur elle-même. Son bras gauche et son flanc rougissaient de plus en plus, comme si de grandes fleurs carminées s'épanouissaient au travers de la robe. Un filet de sang glissa le long de sa cuisse. Elle ouvrit la bouche pour bégayer sans suite des mots portugais. Edmond la chargea tout entière sur ses deux bras, descendit en courant jusqu'à la brasserie Trevo, endroit le plus proche. Une stupeur générale salua son entrée et celle de ce corps sanguinolent. Un client comprit d'emblée, balaya le dessus de trois tables, les accola, et Eddie put y déposer délicatement le corps. La jeune fille put enfin s'exprimer, très bas :

– Je ne suis que blessée. J'ai senti des impacts. Préviens Poulain. Ne t'affole pas.

Edmond fila au téléphone mural. Il s'y reprit à trois fois, haletant, pour composer le bon numéro. Il était un peu moins de dix-huit heures trente.

– Poulain ? Benakem ! C'est la cata. On vient de nous mitrailler en pleine rue ! Ophelia est grièvement blessée. Vous m'entendez, oui ?

– Sur mon second téléphone, j'appelle les secours. Où êtes-vous, nom de Dieu ?

– Brasserie Trevo, rua da Misericórdia.

– Une seconde, je communique les coordonnées. (Silence.) Une ambulance arrive dans cinq minutes. Dès que votre amie sera évacuée, faites absolument deux choses vitales : téléphonez à Suñer et dites-lui que Borges-Coutinho a achevé Gonzales. Ensuite, vous appelez Borges de votre émetteur, et vous lui racontez qu'on a voulu vous abattre dans la rue. Il ne vous croira pas pour la bonne raison que c'est lui qui tenait la mitraillette. Il est aux abois. Parlez-lui alors d'un dancing-hôtel de passe, sis au numéro 666 de la rua Diário de Noticias dans le Bairro Alto. Fixez-lui rendez-vous pour, mettons, vingt-trois heures ce soir.

– Qui vous dit qu'il viendra ?

– Vous voulez le savoir ? Parce que l'endroit du rendez-vous est le lieu même où Luisa-Apollonia est retenue prisonnière. Alors il viendra, mais il viendra pour vous tuer. Seulement ce sont les hommes de Suñer qui gardent Luisa. Et après votre coup de fil à Suñer, Suñer et Borges c'est fini, mais Borges ne le sait pas, lui. Il se jettera donc dans la gueule du loup. Sans compter notre propre souricière.

– Admettons. Et je fais quoi, face à Borges ?
– Vous faites l'imbécile et l'innocent. Borges vous prend pour un branque total. Seulement, au bout de vingt minutes, dites savoir que Luisa est prisonnière dans ce lieu puis dans la foulée sortez votre émetteur et branchez-le. Borges entendra quelque chose qui lui fera péter les plombs par effet de choc. Ce sera alors le défouraillement général et les bastos à tout-va. Je vous conseille de vous planquer sous une table, mon vieux.
– Ensuite, Poulain ?
– Précisez bien alors que vous avez planqué le double de TOUS les microfilms pour dissuader Borges de vous buter lors de son coup de sang. Ça vous laisse aussi une chance.
– J'aurai aussi un flingue.
– Me faites pas rire, Borges va au stand de tir une heure tous les soirs, c'est sa passion.
– Et le résultat des courses ?
– Il y aura trente agents dans notre dispositif, nous aurons forcément le dessus. Tout le gang Suñer tombera et Borges se mettra à table sérieusement.
– Luisa ?
– Vous monterez dans les étages avec nos hommes. Borges, s'il est toujours en vie, se fera un plaisir de vous guider. Et on vous laissera le rôle de l'héroïque libérateur puisque vous semblez y tenir.
– Actuellement, mes pensées vont à Ophelia.
– Le pin-pon ne saurait tarder.
– On se revoit quand ?
– Je serai de la fête, ce soir, au cas où mes collègues portugais vous prennent pour ce que vous n'êtes pas. Tout est noté, mon vieux ?
– C'est gravé dans mon crâne. Et où va Ophelia ?
– Dans une clinique discrète, pour sa sécurité. Vous le saurez en temps utile.

– Écoutez, Poulain, maintenant Ophelia m'importe plus que tout au monde. Ça ne fait plus de doute.

– Ne soyez pas si catégorique, on vit, on meurt, et voilà la farce bientôt jouée.

Et le surnommé Y5P5, pseudo-graphiste néo-punk, agent des Services Spéciaux français de son état, essentiellement « dormant » et affectivement gay, raccrocha comme s'il concluait une conversation mondaine sur Otto Dix ou Malevitch. Dans les lointains, un deux-tons de sirène se rapprochait, tandis qu'Edmond agenouillé chuchotait à l'oreille d'Ophelia, livide et à demi inconsciente.

36

Deux infirmiers en blouse blanche arrivèrent avec un simple brancard. Ils firent basculer Ophelia dans la toile. Edmond observait ahuri. Il vit les flaques de sang qui restaient sur les tables, semblables aux traces d'une agape sardonique. Il suivit les brancardiers jusqu'à l'ambulance, qui enfournèrent prestement la jeune fille. Une femme assise à côté d'elle dans l'habitacle lui shoota une perfusion dans la saignée du coude. Les portes se refermèrent. Eddie ne vit plus rien.

Le break démarra au triple galop et tout disparut dans un infernal cauchemar éveillé, ne laissant que de la fumée grise et un impalpable parfum de mort rôdeuse. Le jeune homme rentra dans la brasserie et se prit la tête entre les mains. Une serveuse épongeait furtivement les traces de sang et rétablit la séparation des tables où des nouveaux venus vinrent s'asseoir avec indifférence, paisiblement. Tout reprenait son lénifiant train-train. Les morts vont vite.

Edmond tira de sa poche-portefeuille le carnet

d'adresses de Gonzales-Rapal et mémorisa le numéro téléphonique de Suñer. Alors il retourna au combiné, l'esprit et le cœur froids, et tapa les chiffres qui devaient le mettre en contact avec le mafieux. On décrocha presque aussitôt.

– Suñer ?

– C'est lui.

– Ici peixe espada, vous vous souvenez ?

– Je crois que oui, je souviendre.

– Je suis en mesure de vous dire par qui Gonzales a été liquidé, à son hôpital. Qui l'a « débranché » vers trois heures du matin. Un homme qui a certaines entrées.

– Dites. Dites à moi le nom du maricón. Je le tue.

– Il s'agit de votre ami l'inspecteur Borges-Coutinho, ni plus ni moins. Il craignait certains aveux.

– Lui ? Vous être sûr de ceci ?

– C'est mon métier de savoir, Suñer.

– Pourquoi révéler à moi ceci ?

– Pour que vous agissiez en conséquence. Borges vous a doublé pour son propre compte. C'est un petit malin, lui.

– (Rageur :) Et moi je souis oune imbécile, oui ? Vous verrez ce que savent comment faire les imbéciles ! Et vite !

– D'autre part, Borges-Coutinho a rendez-vous ce soir avec un indicateur au numéro 666 de la rua Diário de Noticias, à vingt-trois heures. Il viendra seul.

– (Bondissant :) Pourquoi là ? Pourquoi cette adresse, monsieur ?

– Il doit négocier un important tuyau, à ce qu'il paraît.

– Mais il perd les pieds ! Mais ça n'ira pas ! Pas du tout !

– Oh, du calme, Suñer. Vos affaires de ménage ne me concernent pas. Je me contente de vous éclairer un peu sur certains comportements de vos prétendus alliés.

– Mais quel être votre intérêt?

– Je donne un coup de pouce aux aveugles pour qu'ils voient. Or, vous, Suñer, êtes aveugle. Je lève un coin du voile, mon rôle s'arrête là. Parfois, on PAYE de tels services.

– Je comprendre. Vous vouloir pesetas, vous Services Spéciaux mais aussi free lance.

– Exact. À plus tard pour le versement.

– Gracias, senhor peixe espada. Vous être un peu petit pourri, non? Nous, très remercieurs pourris. Vous verrez.

– Merci, Suñer, vous êtes un ami véritable.

Edmond raccrocha dans la fraction de seconde qui suivit. Il avait la nausée de tous ces mensonges, intox et tripatouillages auxquels il lui fallait se livrer dans son rôle de composition de plus en plus machiavélique. Il sortit de l'établissement, respira à longs traits pour se détendre et s'en fut vaquer praça Camões. Là, il s'assit sur un banc, sortit la boîte émettrice puis mit le contact. Il se composa une voix haletante et désespérée :

– Allô! Allô! Vite! L'inspecteur Borges-Coutinho de la part d'Edmond Benakem en urgence!

– (Paisible :) C'est moi. Qu'est-ce qui vous arrive donc, mon garçon? Du sel dans votre café?

– On... on vient de me mitrailler dans la rue à partir d'une voiture qui s'est enfuie! J'étais avec une fille, c'est elle qui a tout pris, je suis indemne, moi.

– Et qui était cette fille?

– J'ignore tout d'elle. Je l'ai draguée dans le Bairro voici une heure seulement.

– Impénitent Don Juan, Benakem! Et vous n'avez rien?

– Pas une égratignure, un miracle!

– Vous voyez que la mafia a fini par vous retrouver. À moins qu'on en ait voulu à cette fille, et que ce ne soit pour vous qu'un hasard malheureux. C'était une prostituée?

– Une fille facile en tout cas.

– À votre place, je ferais la part du feu et du hasard. C'est elle qu'on a touché et pas vous. Ce n'est peut-être rien, une fausse alerte, plus de peur que de mal.

– Comme vous y allez! C'était une opération commando dirigée par des pros. Ça pue la mafia.

– Une banale affaire de mœurs. Un mac qui aura voulu corriger une de ses employées indociles. Vous avez relevé l'immatriculation du véhicule, peut-être?

– Pas eu le temps, inspecteur.

– Alors nous ne pouvons pas grand-chose, mon garçon.

– Écoutez, j'aimerais quand même vous rencontrer.

– Est-ce bien utile?

– Oui, ce soir vingt-trois heures, au numéro 666 de la rua Diário de Noticias, un dancing.

– Mais... pourquoi là? C'est un bouge quelconque... et sa voix prit un ton de désarroi.

– J'ai pris, je ne sais pourquoi, l'endroit en affection.

– Vous avez des goûts singuliers, très singuliers. Qu'est-ce que ça peut avoir de spécial, cette adresse, hein?

– Mais rien, bien sûr. C'est discret, tranquille. Les bières sont peu chères. Si vous préférez ailleurs...

– Finalement, non, là, c'est parfait. J'y serai à l'heure dite. Vous avez donc des choses importantes à me communiquer sur l'affaire de l'enlèvement?

– Une série de recoupements fortuits. J'ai peut-être le début d'une piste, inspecteur.

– Benakem, vous êtes un gentil garçon, mais je me méfie de vos « intuitions ». Trop de films policiers.

– Je vous garantis que vous ne regretterez pas d'être venu, vous ne regretterez rien du tout.

– À ce soir. Quel numéro dites-vous ?

– Le 666, en haut de la rue.

Et Eddie coupa le sifflet à l'émetteur-récepteur. Désormais, Borges-Coutinho devait être sur des charbons ardents à cause du lieu du rendez-vous : coïncidence extravagante ou démarche délibérée de celui qui sait tout ? Ou Benakem était le plus gros des imbéciles heureux ou c'était une pointure. Mais Borges ne pouvait se permettre de lui abandonner le bénéfice du doute. Il le laisserait parler au cas où, puis il le ferait abattre par un des hommes de Suñer, tous disséminés dans le dancing, gardiens de la prison de Luisa. Restait le problème des doubles des microfilms dont Borges autant que Suñer ignoraient quel avait été le destin.

Dans le doute, on garderait Luisa vivante le temps qu'il faudrait. Le procès finissant par s'ouvrir sans elle, si les microfilms réapparaissaient on la relâcherait, si rien ne se passait de neuf, on la liquiderait enfin, et, avec elle, le dernier élément compromettant. « Il faudrait aussi, songeait l'inspecteur, penser à transférer Luisa hors de Lisbonne, vers Sintra, Cascais ou Estoril, une fois cette andouille de Français éliminé, c'est-à-dire dès demain matin. »

De son côté, Suñer n'était pas en reste. Il prévenait ses lieutenants espagnols du dancing sans délicats euphémismes ni fioritures langagières :

– Ce sac à merde d'enculé de sa mère de lieutenant Portos, c'est lui qui a oblitéré notre pauvre et cher Gonzales-Rapal ! Il avait peur d'être balancé, comme si Gonzales pouvait faire une chose pareille ! De plus ce fumier chié par le cul vient ce soir à la planque avec un de ses indics. Dans quel but ? Je l'ignore. Il se croit peut-être en sécurité. Il ignore que dès à présent toute collaboration entre lui et nous est rompue et qu'en outre c'est la guerre à mort. Il arrive à vingt-trois heures. Vous restez de marbre. À vingt-trois heures trente pile vous lui tirez trois balles dans le ventre et vous le hissez dans les étages. Je serai là-haut. Je veux me délecter de son agonie, le voir crever comme il a fait crever Gonzales.

– Et l'indic?

– Menu fretin. Il verra que les flics sont aussi mortels.

Edmond, quant à lui, avait bien une vision globale des forces de haine et de mort qu'il avait déchaînées. Mais le spectacle d'Ophelia peut-être agonisante à cause de ce ramassis d'ordures l'avait assez sévèrement calmé du côté scrupules et crise de conscience.

37

Une grande tenture rapiécée et poussiéreuse couvrait l'extérieur de l'entrée du 666. On l'écartait pour tomber sur un inoffensif cerbère muni de béquilles qui vendait pour cinq cents escudos un billet qui comprenait le tarif d'entrée et le choix sommaire d'une consommation. Ce péage acquitté, l'impotent soulevait alors une seconde tenture qui donnait dans les lieux mêmes. Arrivé une demi-heure en avance, Edmond vit alors une salle de taille moyenne, sanguinolente à de nombreux spots rouges où, çà et là, des touches bleues et vertes faisaient flaques. Le mobilier, en piteux état, était constitué par quelques banquettes effondrées, assorties de tabourets et de tables basses. Autour d'un pilier central se trouvaient de plus hautes tables de Formica et des chaises tubulées. Un espace vide, au-dessus duquel tournait une grosse sphère composée de facettes diffractant la lumière en jets anamorphosés glissant sur les objets, servait de symbolique piste de danse où tournicotaient une pelote de moucherons. Rangées contre les murs, une douzaine de femmes laides, balafrées ou vérolées, semblaient somnoler avec dédain. Deux ou trois d'entre elles, noires d'ébène, étaient presque agréables. Trois couples étaient attablés dans le fond, dont l'un, composé d'une femme sur les genoux d'un homme courtaud à la chemise marron débraillée ouvrant sur un poitrail velu couvert de breloques clinquantes, se faisait des mamours fatiguées. Eddie sentit l'odeur fugitive et acide de la sueur d'aisselles et des cafards. Quatre hommes, seuls, faisaient face aux femmes, comme s'ils soupesaient une résolution en suspens. À gauche, un comptoir assez haut tenait lieu de bar. Derrière, une porte en bois mystérieusement close. La serveuse, vêtue d'une blouse de femme de ménage, grattait sa mise-en-plis en ruine, et observait avec haine le plafond. Le silence, derrière une sono qui beuglait des tubes distordus, était quasi total, comme sur un champ de bataille au terme de l'assaut.

Dans cette pièce rouge où chacun semblait attendre un problématique événement, les filles de joie guettaient la dégaine de chaque nouvel arrivant pour savoir, avec leur flair hors pair, s'il s'agissait là d'un potentiel client ou d'un vulgaire zozo de passage dans le style « j'ai vu de la lumière, je suis entré ». Aucune, en tout cas, ne prit la peine de venir relancer Edmond. D'une part, il regardait ailleurs et, d'autre part, il commanda une bière à Blouse-mise-en-plis qui le toisa avec une hargneuse indifférence. On lui apporta une bouteille de Superbock et un verre à dents rayé et jaunâtre. Eddie considéra le récipient, puis fit un preste tour d'horizon dans ce royaume de la débâcle achevée. Il décida de boire au goulot.

Une fille en robe vert épinard, au faciès de grenadier de la garde impériale, aux cheveux luisants de graisse se leva enfin en silence et, traînant des savates, vint adresser la parole à un mâle esseulé qui sirotait un whisky. Que de chaleur humaine ! songea Edmond. La fille éructa un court gloussement porcin et s'assit tout contre le solitaire, faisant jouer sa chevelure de noyée. Le gus lui passa la main sur les saillies des hanches. Les autres filles rajustaient machinalement leurs robes taillées au sécateur, chiffonnées et mal découpées sur des corps bancroches, trop gros ou trop maigres, aux peaux tannées ici et couperosées là, aux cuisses grumeleuses de cellulite et aux mollets de coureur cycliste. Tirer sur leur cigarette les faisait s'essayer à des poses suggestives, et c'était un réel bonheur de voir que le ridicule et le grotesque sont parfois sans limites et ne tuent aucunement. Car elles étaient bien vivantes, ces monstresses vendant leurs charmes nécrologiques !

Ce climat délétère fut un peu diverti par l'arrivée, en quelques minutes, de trois nouveaux pingouins, dont l'un plaisanta en deux mots avec Blouse-mise-en-plis, et les autres allèrent piteusement s'asseoir, yeux baissés. Ces dames chuchotèrent entre elles, se poussaient du coude dans les côtes. Le plaisantin alla ensuite embrasser une fille noire, la plus fraîche du groupe, et l'emmena avec lui dans un coin isolé, frisant de deux doigts son épaisse moustache brune, l'œil étincelant de celui qui triomphe envers et contre tout.

Ça commençait à arriver. Deux clampins entrèrent, qui semblaient ensemble et fort à l'aise. Puis vint un Noir au costume un peu large, et enfin un rougeaud potelé qui marchait comme un automate de fête foraine. Chacun s'accommoda à sa manière. Deux autres de ces dames montèrent au créneau et Edmond commanda une seconde bière, car la chaleur régnait dans le bouge. Il étudiait un cafard tâter une plinthe de ses antennes lorsque Borges-Coutinho entra, en veste de cuir, le regard chargé d'éclairs mal contenus, le pas souple mais décidé. Il tira une chaise pour s'asseoir et Eddie sursauta en l'apercevant alors juste en face de lui.

– Je vous ai fait peur ?

– Vous m'avez surpris. Boum ! Apparition !

– J'espère que vous, vous le serez, surprenant, car ce genre d'établissement me déplaît souverainement. C'est un bordel, vous le saviez ?

– Je savais. Par où les étages ?

Borges porta son menton dans une direction.

– Là, la porte derrière le comptoir. Il y a une vingtaine de chambres. C'est très sordide, mon cher.

– Vu les spécimens à emporter, ça donne même dans le film d'horreur série Z.

– Certains savent s'en contenter.

– Il y a peut-être des surprises dans les étages. Des blondes pulpeuses tombées dans l'enfer du crime.

Borges pâlit un très court instant.

– C'est votre délire, Benakem. Passons plutôt aux choses sérieuses qui m'amènent ici.

– Mais nous y sommes.

– Alors exprimez-vous, bon Dieu.

– Faut-il donc me répéter ?

– Vous n'avez rien dit, pauvre fou !

– Si fait. J'ai évoqué « les blondes pulpeuses tombées dans l'enfer du crime ». Et ici même.

Un voile sombre passa sur le regard de Borges.

– Vous êtes ivre, Benakem. Il n'y a que de vieilles putes dans cette taule, je le sais bien.

– Il vous suffirait d'avouer.

– Mais MERDE ! Avouer QUOI ? Vous êtes un branque, un branque complet, espèce de petit bougnoule sournois !

– Elle est bien là, non ?

– Mais QUI ? Bordel de Dieu ! Lady Di ? La veuve Mao ?

Luisa-Apollonia Carneiro, policier français, que vous aviez en charge de retrouver, vous, le flic pourri par la mafia, vous l'assassin de Gonzales, vous, l'homme à la mitraillette de tout à l'heure.

Borges-Coutinho se leva vivement dans un haut-le-corps en recul et sa chaise tomba bruyamment.

– Tu savais donc tout, fouine !

Flegmatique, Edmond sortit son émetteur de sa poche, et l'alluma à plein volume. Borges, livide, crispé, les yeux injectés de sang, écoutait attentif. Une voix impérieuse et sèche sortit du haut-parleur :

– Inspecteur Borges-Coutinho, ici le commissaire Filipe Almadeira. Accusé, répondez présent !

– Pré... présent, bafouilla le coupable.

– À l'instant même, vous êtes relevé de toutes vos fonctions et je vous déclare en outre en état d'arrestation. Rendez-vous sans opposer de résistance aux agents venant vous appréhender.

– Almadeira, c'était un coup monté. Ils ont menacé ma famille. J'ai dû céder et jouer leur jeu autant qu'ils le voulaient. C'est une affreuse tragédie !

– La justice appréciera s'il y a lieu à des circonstances atténuantes. Je ne peux rien pour vous.

Borges dressa en l'air ses grands bras, poings crispés.

– Si je dois crever là, j'en entraînerai le plus possible avec moi en enfer !

Il brandit son pistolet automatique, mais Edmond l'avait devancé avec son revolver. Les deux hommes restèrent face à face, lors d'un court et profond silence. Eddie hurla :

– C'est fini Borges. Tous les microfilms sont à l'abri et seront produits au procès. Tue Luisa, tue-moi et tu ne feras que doubler ta peine. Allons, c'est fini pour toi, donne ton arme, pose-la sur la table. Fissa !

Soudain un pseudo-consommateur se leva, sortit un

Ruger et braqua Borges à la tête. Un autre, plus rapide, muni d'un Walther P.88, abattit le tueur au Ruger P.89 d'un triple impact au thorax. Alors, presque tous les comparses présents firent jaillir un calibre, les uns visant Borges-Coutinho, les autres ceux qui l'ajustaient et, de son côté, Borges vidait indifféremment son chargeur sur les uns et les autres. Planqué sous la table, Eddie comptait les détonations. Il en compta dix-neuf avant que six hommes cagoulés ne pénètrent d'un seul coup dans le dancing, pistolets-mitrailleurs de marque Spectre au poing, ne tirant que de courtes frappes chirurgicales. Une micro-rafale faucha Borges au niveau des jambes et il s'affaissa comme une balise qui coule. Il n'avait d'ailleurs plus de balles en magasin. Les cagoulés achevèrent de nettoyer la place des hommes à Suñer, lequel apparut muni d'une Sten par la porte de derrière le comptoir, lâcha une longue rafale affolée et aveugle avant d'être liquidé à son tour. Quand enfin les déflagrations cessèrent tout à fait, Edmond se redressa à demi. Il compta en tout sept hommes sur le carreau, dont Borges blessé, Suñer mort, et un type cagoulé qui gémissait, entouré des siens.

Une cagoule tendit la main à Edmond pour l'aider à se relever, puis l'homme enleva son masque de tissu noir et le visage de Poulain sans lunettes apparut.

– La peinture au pistolet, moi, j'adore!

Des civils en imper mastic entrèrent, suivis de brancardiers. Un homme d'un certain âge, aux cheveux d'argent, fit son apparition, bras croisés, hautain.

– C'est Almadeira. Inspecteur des travaux finis, toujours...

– Et Borges? demanda Edmond.

– Du chichi. Une balle dans le gras de la cuisse et une rotule pulvérisée. Ça se rafistole, hein!

Borges, qui faisait des signes désespérés à Eddie. Lequel s'accroupit pour l'écouter.

– Benak... Benakem. Il n'y a plus personne dans les étages. Le gang Suñer était tout entier en bas et Suñer seul gardait Luisa. Vous la trouverez dans la chambre du fond au premier, menottée. Elle n'a jamais été maltraitée, grâce à moi. Les autres... ils voulaient... enfin, vous voyez.

– Vous auriez pu vous en tirer plus mal.

– Ma carrière est foutue. Je suis un salaud définitif. Approchez encore un peu, je veux... vous dire...

Edmond vint tout contre Borges qui était en nage. Mais le blessé développa soudain une agilité incroyable en se saisissant du revolver d'Edmond, lequel bascula en arrière. Borges-Coutinho sourit presque avec tendresse, avec douceur, avec humilité :

– Un salaud, Benakem, un éternel salaud...

Il se colla alors le court canon sur la poitrine exactement à la hauteur du cœur et tira deux coups rapides qui aboyèrent sourdement. La main tenant l'arme fatale retomba, le sourire se mua en béance. Puis un mince filet de sang rose commença à goutter de la lèvre inférieure, qui tremblotait encore imperceptiblement, ainsi que les nerfs des paupières mi-closes. Enfin toute la tête bascula en arrière, et la pomme d'Adam saillit comme un genou d'enfant ou l'extrémité fragile d'un coude trop frêle.

Almadeira, inexorable, décroisa ses bras et posa une main velue sur l'épaule de Poulain :

– Cher collègue, indiquez-moi qui est ce jeune civil français qui nous a tant aidés.

– Le voici, répondit Poulain en désignant Edmond.

– Mille gracieusetés, jeune homme. Nous montons à présent dans les étages. Vous plaît-il de nous accompagner ?

– Avec joie, commissaire.

– Nous mettrons trois hommes de commando en éclaireurs ; on ne sait jamais. Il peut y avoir des « restes ».

– Borges-Coutinho m'a affirmé qu'il n'y a plus personne.

– C'est possible. Mais même mort, je ne lui fais pas confiance.

Le dispositif ainsi conçu se faufila par la porte de derrière le bar. On monta un escalier vermoulu. Sur le palier, une vieille femme tout de noir vêtue, les maigres bras encombrés d'une massive Schmeisser dont le canon pointait, irrésolu, vers le sol. Un cagoulé l'interpella en portugais :

– Holà, grand-mère, tu es bien âgée pour ne pas mourir dans ton lit, tu ne trouves pas ?

Et face aux trois P.M. Spectre qui la visaient tous ensemble, elle laissa choir la mitraillette allemande et recula de quelques pas en demandant grâce.

– Où est l'otage ? questionna-t-on.

– La porte bleue au fond du corridor.

Edmond bondit en avant sans que les trois cagoulés ne pussent le retenir, fut à la porte en question, et l'ouvrit très lentement, le cœur battant. Dans la petite chambre avec un coin lavabo, Luisa gisait menottée aux barreaux de fer d'un gros lit-cage, un bâillon sur la bouche. Elle poussa un grognement de joie lorsqu'elle reconnut Eddie. Celui-ci la délia du bâillon qui en fait était une poire d'angoisse. Elle haleta en secouant la tête, les yeux luisants de joie :

– Toi-z-ici...

– Je te croyais z-au zoo.

Elle éclata de rire : ce gag débile torpilla la tension.

– Détache-moi Tarzan.

– Juste une petite formalité oubliée dans ce fameux taxi.

Et Edmond colla ses lèvres sur celles de la jeune femme qui lui rendit tendrement son baiser jusqu'à la quasi-suffocation, les yeux clos, les joues rosissantes. Trois cagoules noires contemplaient ce curieux spectacle en hochant doucement la tête dans un signe d'approbation toute relative, les P.M. plaqués paisiblement contre l'abdomen.

Pénultième fragment

Almadeira et un psychologue s'étaient enfermés avec Luisa pour une première séance de débriefing à chaud. Elle ne semblait pas souffrir d'un trop grand traumatisme, sa formation de femme-flic l'ayant aidé à gérer et surmonter l'épreuve. Seules les piqûres de sérum de vérité et une mauvaise alimentation, ainsi que sa réclusion, l'avaient un peu affaiblie. Et sa soudaine délivrance l'avait requinquée d'un coup. Elle manifesta des inquiétudes quant à ce qui était advenu de la « Procédure d'urgence », puisqu'on lui avait appris que Borges-Coutinho, qui en était chargé, s'était avéré un ripou. Almadeira la tranquillisa.

– Le jeune Français qui était avec vous a pris les choses en main, et de main de maître. Il a procédé en complet franc-tireur, a résolu tous les rébus, recueilli tous les microfilms, infiltré le gang mafieux, et tout caché à Borges par pure intuition négative à son égard. Sa façon d'agir a relevé du miracle de finesse, de discrétion et de résolution. Une jeune Lisboète l'a beaucoup aidé et l'a mis en contact avec Poulain. Vous devez tout au jeune Français, à sa jeune amie, et à Poulain. Je n'ai fait que boucler la procédure.

– Comment s'appelle la « jeune amie »?

– Ophelia, je crois. Elle a été mitraillée, mais elle vivra, ses blessures sont superficielles.

– C'est un nom charmant. Elle doit être jolie.

– Je n'en sais rien. Le Français semble beaucoup y tenir.

– Il l'aime, vous croyez?

– Ma chère, je ne suis pas marieuse diplômée!

– Excusez-moi commissaire. C'est une stupide curiosité de femme.

– Comptez cependant que ce jeune Français n'a pas hésité à risquer sa peau pour vous retrouver. C'est une histoire très romantique. Par les temps qui courent, c'est assez rare. Chacun ne pense plus qu'à son nombril, et advienne que pourra.

– Pourrais-je le voir ce soir?

– Mais qui ça?

– Mon sauveur.

– Vous êtes encore fragile psychiquement. De plus, nous ignorons si des résidus du gang Suñer ne subsistent pas, qui pourraient se porter à des extrémités désespérées, animées par un pur esprit de vengeance. Nous vous gardons sous surveillance jusqu'à l'ouverture du procès.

– Écoutez, dans toute cette affaire, il y a quelqu'un qui mérite qu'on s'occupe de lui, et ce n'est pas moi.

– Je vois votre – hum – problème. Nous allons vous laisser un instant en tête à tête avec cet... Edmond.

Le commissaire et le psychologue sortirent après quelques salamalecs, puis la porte s'ouvrit sur Eddie qui entra timidement, comme un collégien visitant une duchesse.

– Assieds-toi là et ne fais pas cette tête.

– C'est l'émotion.

– Tu t'es débrouillé comme un caïd, dis-moi. C'est pas courant ça, venant d'un petit jeune.

– Oui, j'ai profité de la récré et du temps du quatre heures pour dessouder la mafia, répondit Edmond piqué.

– Tu n'as jamais songé à entrer dans la police?
– Moi en schmitt?! Vous délirez!
– Il n'y a pas que des tabasseurs de jeunes. Moi, par exemple, je serais absolument incapable de tabasser quiconque.
– Ben, j'espère bien, madame.
– Tu ne m'appelles plus Luisa. Je te fais peur? Tu étais plus fougueux tout à l'heure.
– J'avais perdu la tête.
– Ce serait chouette si tu voulais bien la perdre encore quelque temps... Mais voilà, il y a la charmante Ophélie shakespearienne.
– Qui vous a raconté ça?!
– Almadeira, par Poulain. Alors tu l'aimes?
– Poulain? Je ne suis pas un gay compagnon!
Luisa éclata d'un léger rire, puis redevint soudainement grave et mesurée. Elle posa ses mains sur celles d'Edmond.
– Eddie... J'ai souvent pensé à toi dans ma petite chambre.
– Moi aussi, dans la mienne.
– Lorsqu'ils me braquaient un canon sur la tempe et faisaient mine d'être sur le point de m'exécuter, c'est ton visage qui revenait dans mon esprit.
– Comme un cauchemar? ricana Edmond.
– Comme un regret.
Luisa baissa délicatement la tête.
– Comme un regret de n'avoir pas pu avoir le temps de passer fut-ce une nuit avec toi...
– À jouer au Scrabble?
– Petit con! À faire une bataille navale!
Edmond posa ses paumes sur le cou de Luisa et furtivement approcha sa tête de la sienne. Il la couvrit de petits baisers gourmands. Luisa s'abandonnait les yeux clos, un sourire illuminant ses lèvres. Quand il eut fini, elle lui rendit de la même manière ses baisers.

Ils sortirent bras dessus bras dessous de la chambre, se frayant un passage parmi le commando, le commissaire et les impers mastics.

– Une minute, où allez-vous, vous deux? grogna Almadeira.

– Je vais où il m'emmène, déclara Luisa.

Le commissaire se campa les mains sur les hanches en un geste outragé, et bougonna en sourdine.

– Hôtel Lisboa Tejo, chambre 407, lança Edmond par-dessus son épaule aux divers groupes de policiers, dont certains esquissèrent un malicieux sourire.

Le couple disparut dans l'escalier.

– João, prends Pirez et Montego, et filez au Lisboa Tejo en protection rapprochée!

Les hommes cités se préparèrent rapidement.

– Et défense d'écouter à la porte 407! Un peu de respect pour l'intimité d'autrui! ordonna Almadeira avant de se mettre une main devant la bouche pour réprimer un fou rire mal venu.

Dans la rue, Luisa proposa à Edmond :

– On prend un taxi?

– Oui, il faut bien la terminer cette course interrompue.

Dans l'obscurité, ils firent signe à un tacot qui freina sévère. Ils montèrent en se taquinant. Le chauffeur resta longtemps sans démarrer.

– Que se passe-t-il? demanda Luisa en portugais.

– Mais dites donc! Je vous reconnais tous les deux! Il doit y avoir dix jours à l'aéroport. La petite dame qu'on a enlevée en pleine rue! C'était vous!

– C'était vous aussi?!

– Alors maintenant vous pouvez bien me dire ce que c'était que toute cette histoire!?

– Peu de choses, laissa tomber Luisa. Un mari jaloux d'un amant bien meilleur.

– Et monsieur est l'amant ?

– Il l'est dans le sens le plus platonique du terme, croyez-moi.

– Alors quel endroit ? fit le chauffeur, d'un ton badin.

– Hôtel Lisboa Tejo, répondit Eddie d'un air aussi dégagé que possible, contenant mal une grande émotion dans la voix.

– Non pas, répliqua hautaine la jeune femme. Je suis désolée de te décevoir, mon petit Edmond, mais je ne suis pas tout à fait de celles sur lesquelles on se paye en nature, et grâce à quoi tout est dit. Je te dois beaucoup, mais ma reconnaissance ne dépassera pas un certain point. Tu es vexé ?

– Excusez-moi, j'ai beaucoup rêvé, et un peu trop, je crois.

– Nous irons seulement, en tout bien tout honneur, déguster un porto millésimé dans un établissement de ma connaissance.

– Et nous en resterons là ?

– Je ne jouerai pas les prolongations crapuleuses. J'ai besoin d'un bon bain et d'une nuit de sommeil en tête à tête avec moi-même, et moi seule. Point.

– Je vous comprends. Excusez-moi.

– C'est moi qui te demande de m'excuser. Mais que tu m'aies libérée ne signifie pas que je sois assez libérée – ou libre – pour te passer ce qui n'est qu'un caprice et un phantasme.

Edmond se renfonça maussade dans la banquette. Luisa lui caressa brièvement la joue.

– Allons, tu peux quand même me tutoyer, et je t'autorise à m'embrasser à la russe.

– C'est gentil, ça, sourit Eddie.

– Appelle-moi Loulou.

Et le taxi disparut dans la nuit après que l'inflexible

Luisa eut communiqué au chauffeur une adresse qui levait toute ambiguïté sur les intentions du couple improvisé.

La dernière visite

La petite clinique était située dans une rue ombragée du quartier chic de Lapa. C'était un bâtiment d'un étage, aux grandes baies mercurisées, construit à la fin des années 80. On traversait un chemin dallé qui coupait une pelouse entretenue comme un terrain de golf. Quelques buissons d'arbustes exotiques jetaient de courtes notes vivement colorées et des oiseaux chantaient dans les cèdres et les cyprès. Edmond pénétra dans le hall d'accueil, dictionnaire en main, où il trouva des phrases toutes faites pour interroger la réception.

– Je cherche une fille dont le prénom est Ophelia.

– Nom de famille ?

– C'est stupide mais je l'ignore.

– Quel type de soins ?

– Blessures par balles.

– Oh ! Alors c'est la 23. Pour les visites, il faut un laissez-passer du commissariat.

– Que voici, signé du commissaire Almadeira.

– « Délègue autorisation de visites illimitées à monsieur Edmond Benakem, Français, etc., etc. » Vous avez un passeport ?

– Que voici, chère mademoiselle.

– Madame !

– Compliments.

– C'est bon. Premier étage, couloir B, les numéros sont sur les portes. C'est la 23. Pouvez y aller.

Edmond salua l'exécrable mémère avec une courtoisie outrée, puis grimpa trois à trois les petites marches de l'escalier, localisa le couloir B, s'y précipita, compta les portes et arriva à la 23. Son cœur battait violemment. Il resta un moment immobile puis frappa contre le bois. La voix d'Ophelia – qui le bouleversa – répondit « entrez » en portugais. Il l'entrebâilla lentement, la jeune fille poussa un petit cri de bonheur. En deux secondes, Eddie fut au pied du lit, une main d'Ophelia dans la sienne, l'autre main lui lissant la chevelure. Ils se dévoraient mutuellement du regard. Ophelia détourna la première lentement la tête : deux larmes tremblaient à ses paupières.

– Tu pleures ?

– C'est le choc de te revoir. Et tu sembles changé. Parle-moi.

– Que disent les médecins ?

– Le bassin est le plus touché. Je serai peut-être bancale à vie. Moi qui courais si vite, si vite, avant.

– Il y aura la rééducation. Et puis mademoiselle de La Vallière était boiteuse.

– Qui était-ce ?

– Le premier grand amour de Louis XIV.

– Il l'a donc quittée.

– Elle a fini sa vie au carmel.

Edmond réalisa instantanément sa gaffe, mais trop tard.

– Et toi ? Tu as sauvé cette... femme ?

– Il y a eu un carnage, mais force est restée à la loi.

– Je te demande si tu l'as sauvée ?

– Mais oui ! C'était prévu je crois.

– Et elle t'est tombée dans les bras, évidemment.

– Tu sais, c'est surtout la police qui s'est occupé d'elle.

– Ne mens pas. Tu as un drôle d'air. Tu as l'air de quelqu'un qui sort des bras d'une femme.

Et les deux larmes coulèrent sur ses joues.

– Ophelia, tu es ici enfermée tandis que les autres sont libres. Alors tu rumines et tu imagines le pire, par pur masochisme. Ce sont des chimères.

– Pourquoi n'es-tu pas venu ce matin ? Je t'attendais.

– Le contrecoup. J'ai dormi tard. Puis il m'a fallu passer chercher l'autorisation de visite au commissariat. Et me voilà.

– Elle t'attend dehors, je suppose. Vous ne vous quittez plus d'une semelle. Je la comprends, remarque.

– Maintenant, Ophelia, arrête cette comédie hystérique. Tu empoisonnes toujours tout au mauvais moment !

– Tu es inconstant et trompeur, Edmond. C'est peut-être un charme de plus mais mon futur mari ne sera pas comme ça. Il sera différent et me rendra heureuse.

– Le mariage sur le tapis, maintenant...

– Oui, je vais me marier, et bientôt.

– Mais je refuse ! Je refuse catégoriquement, Ophelia !

Elle le toisa froidement :

– En quoi peux-tu m'empêcher d'épouser Johnny ?

Un abîme s'ouvrant sous les pieds d'Edmond ne l'eut pas plus statufié. Il admettait pour lui d'être volage, mais il n'admettait pas qu'on en aime un autre que lui une fois qu'on l'avait passionnément aimé. Il se recula, s'enferma dans le mutisme, prit un air maussade.

– C'est toi que j'attendais ce matin. Et c'est Johnny qui est venu. Ces fleurs que tu vois sont de lui. Il a pleuré, il m'a émue. J'étais bouleversée, j'y voyais enfin clair, je lui ai promis qu'on se marierait un jour. Il était fou de joie.

– Tout ça est très comme il faut.

– Oui, « comme il faut », et je t'emmerde avec mes préjugés ! Je t'ai tout donné, je me suis fait trucider pour toi, et je n'ai été qu'un jouet entre tes mains, un passe-temps en attendant l'autre. J'ai passé cette nuit en cauchemars, la tienne a été plus agréable si j'en juge ce parfum sur ta peau et cette trace de rouge à lèvres...

Eddie s'empourpra brusquement.

– Au petit jour, ma décision était prise. Mais j'ai voulu te laisser une chance : s'il vient ce matin, je pardonne. Tu n'es pas venu. Un autre est venu. Mon cœur était à prendre alors. Johnny l'a pris. Voilà tout.

L'amertume d'Ophelia lui était extrêmement douloureuse. Il tenta une ultime approche et lui reprit la main qu'il caressa. Elle eut un âpre sourire fugitif.

– Voyons, restons amis même si le reste est fini. Nous avons vécu des choses ensemble, un lien existe, solide, malgré tout.

– Je veux bien rester ton amie, Eddie. Embrassons-nous. Non, pas là... Sur les joues, très fort.

Ils s'embrassèrent comme du bon pain. Edmond avait le cœur serré à se rompre. Il se sentait triste, misérable et seul, et n'avait à s'en prendre qu'à lui-même. Une fois de plus, il avait tout bousillé, tout gâté, esquinté un cœur, pour une nuit de hasard, qui n'avait même pas eu lieu. Il promit à Ophelia de revenir tous les jours jusqu'à son départ. Il lui donna son adresse à Paris. Elle viendrait le voir l'année prochaine avec son mari. Eddie fut tout sucre tout miel, l'orage était dissipé définitivement.

Il resta un peu plus de deux heures, trouvant toujours de bonnes paroles pour Ophelia, en tendre camarade. Mais il ne surprit plus dans le regard de la jeune fille les escarboucles dorées qui rutilaient jadis, et qu'alors il saisissait sans en apercevoir la juste valeur. Il lui fallut souffrir en silence, ravaler sa défaite. L'Ophelia d'« avant » prit une dimension nostalgique de paradis perdu et une profonde mélancolie, malgré le sourire de surface, pesait sur l'âme d'Edmond.

Enfin il se résolut à prendre congé. Ophelia, sereine, lui tendit son front à baiser, lequel jamais – mais trop tard – ne fut plus tendre. Edmond ne parvenait plus à se détacher de la jeune fille.

– Va-t-en maintenant, Eddie. Il ne faut pas plus.

– Non. Pas beaucoup plus, hélas.

Il salua comme un comédien et sortit vivement de la chambre. À peine la porte refermée, il ne put contenir un lourd hoquet de larmes, sa bouche grimaça et il descendit l'escalier, frémissant, comme une marionnette désarticulée.

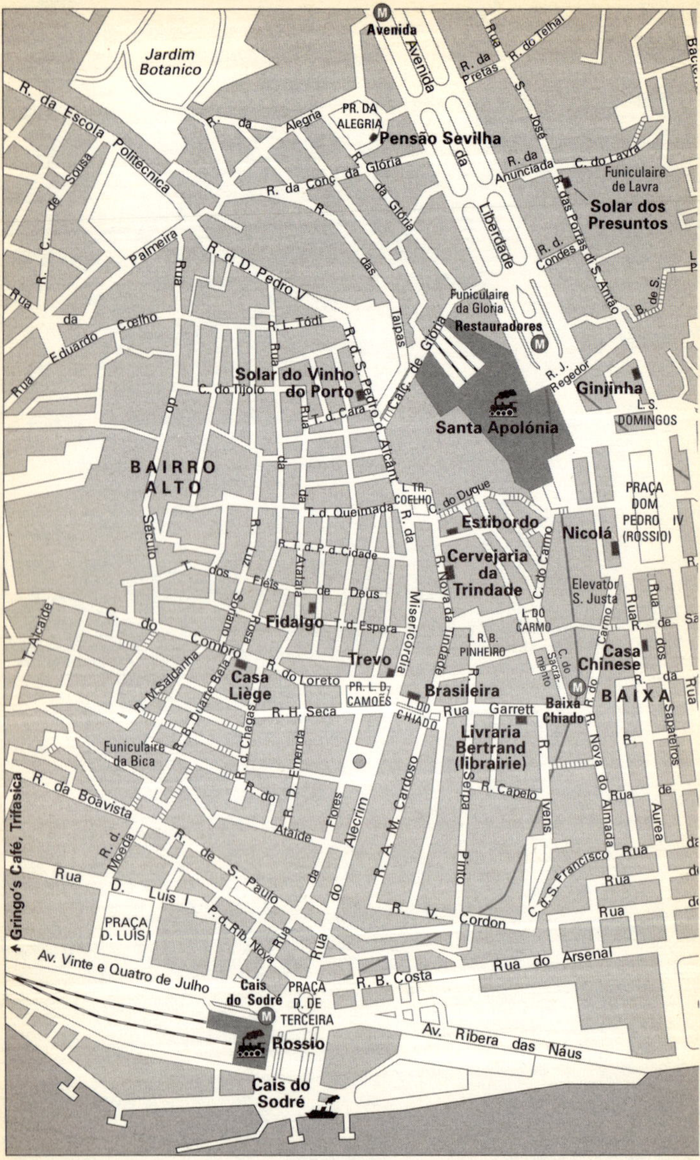
Avenida
Jardim Botanico
R. da Escola Politécnica
R. da Alegria
PR. DA ALEGRIA
Pensão Sevilha
Avenida da Liberdade
Rua S. José
R. do Telhal
R. da Pretas
R. da Anunciada
C. do Lavra
Funiculaire de Lavra
Solar dos Presuntos
R. das Portas di S. Antão
R. d. Condes
R. da Conç da Glória
R. da Glória
R. das Taipas
Rua C. de Sousa
Palmeira
R. d. D. Pedro V
Rua da Eduardo Coelho
R. L. Tódi
Funiculaire da Gloria
Restauradores
R. J. Regedor
Ginjinha
L. S. DOMINGOS
Solar do Vinho do Porto
C. do Tijolo
Rua T. d. Cara
R. d. S. Pedro d. Alcânt
Calç. de Glória
Santa Apolónia
BAIRRO ALTO
Rua do Século
Rua da Atalaia
L. TR. COELHO
C. do Duque
T. d. Queimada
R. da Misericórdia
Estibordo
Nicolá
PRAÇA DOM PEDRO IV (ROSSIO)
R. T. d. P. d. Cidade
T. dos Fiéis de Deus
R. Luz Soriano
Cervejaria da Trindade
R. Nova da Trindade
C. do Carmo
Elevator S. Justa
T. Alcaide
C. do Combro
Rosa
Fidalgo
T. d. Espera
L. DO CARMO
L. R. B. PINHEIRO
Rua do Carmo
Rua dos Sapateiros
Casa Chinese
R. M. Saldanha
R. B. Duarte Bela
Casa Liège
R. do Loreto
Trevo
PR. L. D. CAMOES
Brasileira
C. do Sacramento
Baixa Chiado
BAIXA
R. H. Seca
L. DO CHIADO
Rua Garrett
Livraria Bertrand (librairie)
R. d. Chagas
R. D. Emenda
Funiculaire da Bica
R. da Boavista
R. do Ataíde
Flores
Rua do Alecrim
R. A. M. Cardoso
Serpa Pinto
R. Capelo
Ivens
R. Nova do Almada
Rua Aurea
R. d. Moeda
R. de S. Paulo
C. d. S. Francisco
Rua D. Luis I
P. d. Rib. Nova
PRAÇA D. LUIS I
R. V. Cordon
Gringo's Café, Trifasica
Av. Vinte e Quatro de Julho
Rua do Arsenal
R. B. Costa
Cais do Sodré
PRAÇA D. DE TERCEIRA
Av. Ribera das Náus
Rossio
Cais do Sodré

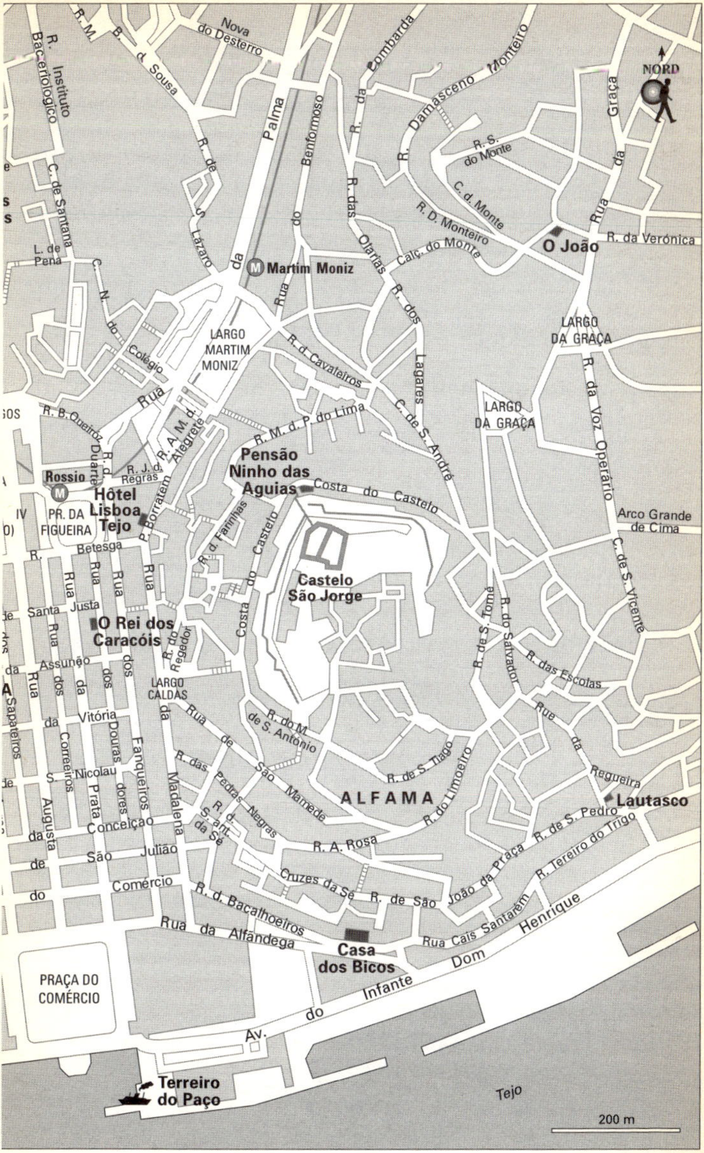
NORD
R. Bacteriológico
Instituto
R. M.
B.
d. Sousa
Nova do Desterro
R. de S. Lázaro
Rua da Palma
Rua do Benformoso
R. da Combarda
R. Damasceno Monteiro
Rua da Graça
R. S. do Monte
C. d. Monte
R. D. Monteiro
Calç. do Monte
R. da Verónica
O João
C. de Santana
L. de Pena
C. N. do Colégio
Martim Moniz
R. das Olarias
R. dos Lagares
LARGO MARTIM MONIZ
R. d. Cavaleiros
LARGO DA GRAÇA
R. da Voz Operário
C. de S. André
Rua
R. B. Queiroz
R. A. M. d. Alegrete
R. d. Duarte
R. M. d. P. do Lima
Pensão Ninho das Aguias
Costa do Castelo
R. J. d. Regras
Rossio
Hôtel Lisboa Tejo
PR. DA FIGUEIRA
P. Borratem
R. d. Farinhas
Costa do Castelo
Castelo São Jorge
Arco Grande de Cima
C. de S. Vicente
R. Betesga
Santa Justa
O Rei dos Caracóis
R. do Regedor
R. de S. Tomé
R. do Salvador
R. das Escolas
Rua Assunção
Rua dos Sapateiros
Rua dos Correeiros
Rua da Prata
Rua dos Douradores
Rua dos Fanqueiros
Rua da Madalena
LARGO CALDAS
Rua de São Mamede
R. do M. de S. António
R. de S. Tiago
R. do Limoeiro
Rue da Regueira
Vitória
S. Nicolau
R. das Pedras Negras
R. d. S. ant. da Sé
ALFAMA
Lautasco
Rua Augusta
Conceição
São Julião
Comércio
R. A. Rosa
R. de S. Pedro
R. Tereiro do Trigo
Cruzes da Sé
R. de São João da Praça
R. d. Bacalhoeiros
Rua da Alfândega
Rua Cais Santarém
Casa dos Bicos
Av. do Infante Dom Henrique
PRAÇA DO COMÉRCIO
Terreiro do Paço
Tejo
200 m

Les **Routards** *parlent aux* **Routards**

Edmond va vite. Normal, il a souvent des méchants à ses trousses, ou des gentils à retrouver rapidement. Alors, il traverse le paysage sans parfois être tout à fait exact dans ses descriptions de lieux divers. Amis lecteurs, familiers des endroits que vous retrouvez dans ces pages, il vous est possible de vous écrier « objection, Votre Honneur », parce que vous y êtes, et que quelque chose cloche. Écrivez-nous pour nous indiquer ce qui est mal signalé, mal coordonné.

Ce polar est interactif : nous tiendrons compte, si elle est fondée, de votre objection, pour améliorer chaque titre, comme il est fait pour les Guides. Seule limite à ne pas dépasser : l'intrigue est telle quelle une fois pour toutes. Eddie agit à sa guise et de tout ce qu'il lui arrive on peut dire *Mektoub* (c'était écrit). Les lecteurs judicieux recevront comme à l'habitude le Guide de leur choix ou... un Polar du routard. Alors, objectez !

Le Polar du routard : 5, rue de l'Arrivée,
92190 Meudon

Imprimé en France par Hérissey à Evreux – 83593
Dépôt légal n° 4589-05/99
Collection n° 23 - Édition n° 01
24/3074/2
I.S.B.N. 2.01.243074-0